माटी मानुष चून

वेंटिलेटर पर ज़िन्दा एक महान नदी की कहानी

माटी मानुष चून

वेंटिलेटर पर ज़िन्दा एक महान नदी की कहानी

अभय मिश्रा

वाणी प्रकाशन

वाणी प्रकाशन

4695, 21-ए, दरियागंज, नयी दिल्ली 110 002

फ़ोन : +91 11 23273167 फ़ैक्स : +91 11 23275710

शाखाएँ

अशोक राजपथ, पटना 800 004, बिहार

कॉफ़ी हाउस कैम्पस, महात्मा गांधी मार्ग, इलाहाबाद 211 001, उत्तर प्रदेश

महात्मा गांधी अन्तरराष्ट्रीय हिन्दी विश्वविद्यालय, वर्धा 442 001, महाराष्ट्र

www.vaniprakashan.in
marketing@vaniprakashan.in
sales@vaniprakashan.in

MATI MANUSH CHOON
by Abhay Mishra

ISBN : 978-93-89012-05-7
Novel

प्रथम संस्करण 2019

मूल्य : ₹ 199

यश प्रिंटोग्राफ़िक्स, नोएडा-201 301 (उ.प्र.) में मुद्रित

वाणी प्रकाशन का लोगो मक़बूल फ़िदा हुसेन की कूची से

अनुपम मिश्र को समर्पित

कहाँ गया उसे ढूँढ़ो...
सुलगती धूप में छाँव के जैसा
रेगिस्तान में गाँव के जैसा
मन के घाव पर मरहम जैसा था वो
कहाँ गया उसे ढूँढ़ो

साभार : प्रसून जोशी

भूमिका

मनुष्य एक ऐसा नर–वानर गण है जो कहानियाँ सुनाता है। यह बात एक प्रसिद्ध जीवविज्ञानी ने कई साल पहले कही थी। ऐसा हो सकता है कि आपकी मान्यता वैज्ञानिकों से अलग है, कि आप मनुष्य को नर–वानर गण का हिस्सा नहीं मानते, कि आप जीवन के क्रमिक विकास को वैज्ञानिकों की ग़लतफ़हमी भर मानते हैं। यह भी हो सकता है आप अपने आपको किसी देव या किसी असुर की सन्तति मानते हों। या किसी पीर–पैग़म्बर या ख़ुदाई की, या किसी तीर्थंकर या गुरु या सन्त की। या फिर किसी ऐसी दिव्य शक्ति की पैदाइश जिसकी कल्पना करना भी हमारे बस का नहीं है, उसकी परिभाषा करना तो दूर की बात।

मान्यता कुछ भी हो, यह तो पक्का है कि आप अपने आपको समझने के लिए, अपने कुल–संसार को समझने के लिए, कथाओं का सहारा लेते हैं। ये कथाएँ सच हैं कि नहीं, यह हम जानते नहीं हैं। उनका सच होना या न होना उनका महत्त्व कम नहीं करता। क्योंकि हमारी कल्पना की धुरी ही नहीं, हमारी कुल समझ का आकाश भी कहानियों के खम्भों पर खड़ा होता है। और तो और, विज्ञान की दुनिया भी परिकल्पना की बल्लियों के सहारे ही अपने प्रमाणों का महल बनाती है। यूँ ही नहीं कहा गया है : "बालू की भीत, पवन का खम्भा..."

हम कहानियों में ही बड़े होते हैं। अपनी–अपनी दुनिया को समझने का ताना–बाना हम कथाओं में पाते हैं। बड़े–से–बड़े वैज्ञानिक भी अपने बच्चों को कहानियाँ ही सुनाते हैं, शोध–ग्रन्थों से निकली जानकारी की घुट्टी नहीं पिलाते। हम सभी का बचपन कल्पना

और कहानियों के कच्चे माल से बनता है। बड़े हो कर हम उनसे दूर हट जाते हैं। फिर भी, ऐसे कई लोग मिलते हैं जो आकर्षक विधाओं में काम करते हैं, संगीत–कला–नाटक में। उनमें से बहुत–से कलाकार अपने अन्दर के बच्चे को बचा कर रखते हैं। अपने बचपन की कोमल कल्पनाओं को यथार्थ के सिलबट्टे के नीचे पिसने नहीं देते।

शायद यही कारण है कि साहित्य पत्रकारिता पर भारी पड़ता है। 15 अगस्त, 1975 को अख़बारों में बड़ी ख़बर और राजनीतिक विश्लेषण क्या था, यह कितने लोगों को याद होगा? लेकिन उसी दिन निर्देशक रमेश सिप्पी की 'शोले' नाम की फ़िल्म सिनेमाघरों में आयी थी। उसका नाम ज़रा ज़्यादा लोगों ने सुना है।

अभय मिश्रा पत्रकार हैं। वे फ़िल्मों, खेल–कूद या चुनावी राजनीति जैसे विषयों पर नहीं लिखते, जिन पर सामग्री लोग आसानी से पढ़ लेते हैं। वे एक कठिन विषय को समझने की साधना में लगे रहते हैं, ऐसा विषय जो शायद हमारे समय में यथार्थ का सबसे बड़ा शिकंजा बनता जा रहा है : पर्यावरण।

'पर्यावरण' यूँ तो बहुत सहज शब्द है, घर–परिवार और दफ़्तर ही क्या, राजनीति और अर्थव्यवस्था के माहौल को भी इंगित करता है। लेकिन पिछले तीन–चार दशकों में इसका एक दूसरा मतलब उभरकर आया है। इस नये अर्थ के पीछे एक तरह का भुलावा है। हमारे आधुनिक काल में तरह–तरह की वैज्ञानिक जानकारियाँ आ गयी हैं, नयी इंजीनियरिंग के तरह–तरह के यन्त्र–तन्त्र बन गये हैं, बिजली की संचार क्रान्ति से पूरे–के–पूरे परोक्ष संसार रच लिए गये हैं। हमारे समाज के एक हिस्से का जीवन इन्हीं यन्त्रों और इनकी यन्त्रणाओं में बीतता है। इन सबके बीच ऐसा प्रतीत होता है कि मनुष्य अपने प्रारब्ध का विधाता ख़ुद है।

हमारे समाज का एक हिस्सा अपने–आपको प्राकृतिक दुनिया से अलग करके देखता है। उसके लिए प्रकृति एक समानान्तर ब्रह्माण्ड है, एक तरह का विदेश है। इस 'विदेश' को 'पर्यावरण' कहा जाने लगा है। इसीलिए रक्षा और वाणिज्य की ही तरह

पर्यावरण का अलग मन्त्रालय बन चुका है। जैसे देश की रक्षा और समृद्धि में पर्यावरण की, प्राकृतिक संसार की कोई भूमिका ही नहीं है। यही नहीं, अब पर्यावरण को एक अलग विषय की तरह पढ़ाया जाता है, इसके अन्तरर्राष्ट्रीय दिवस होते हैं, इस पर बनने वाली फ़िल्मों के अलग से फ़िल्मोत्सव होते हैं, इसके विशेषज्ञ होते हैं जिन्हें अंग्रेज़ी में 'एनवाएर्मेंटलिस्ट' कहा जाता है और अनुवादी हिन्दी में 'पर्यावरणविद्'।

यह दृष्टि बहुत पुरानी नहीं है। यह समय–सिद्ध तो एकदम नहीं है। जो तौर–तरीक़े सदियों से चले आ रहे हैं उनमें प्रकृति की समझ निहित थी, उसके लिए अलग से कोई पाठ्यक्रम नहीं बनाना पड़ता था, कोई मन्त्रालय भी नहीं। बस मन्त्र थे, मन्त्रणा थी। अभय मिश्रा की पत्रकारिता समाज और 'पर्यावरण' के बीच बनी इस मनगढ़न्त खाई को पाटने का प्रयास करती है। उनकी पहली पुस्तक *'दर दर गंगे'* हमारी सबसे बड़ी नदी की लम्बी यात्रा करके बनी है। यह यात्रा उन्होंने अपने सहयोगी पंकज रामेन्दू के साथ की। वह पुस्तक समाज और पर्यावरण की पत्रकारिता का एक पुख़्ता नमूना है। आपने नहीं पढ़ी हो, तो उसे आजमाएँ। विकास की क़ीमत का नये सिरे से पता चलेगा।

ऐसा लगता है कि इन कठिन विषयों पर पत्रकारिता करते–करते यथार्थ की मुठभेड़ ने अभय मिश्रा का मन बदल दिया। गहराई और मेहनत से किसी बात को समझने वालों के साथ ऐसा कभी–कभी हो जाता है। उन्हें कहीं–न–कहीं लगा होगा कि पत्रकारिता और तथ्यों पर आधारित लेखन हमारे समय के बड़े संकटों का भव्याकार ठीक से बतला नहीं पाते। शायद इसीलिए वे साहित्य और कल्पना के संसार की ओर मुड़े। आपके हाथ में जो उपन्यास है वह इसी का नतीजा लगता है। पत्रकारिता में पर्यावरण के शोध के दौरान एक विशाल संसार और उसके अनेकानेक गुँथे हुए तार उन्हें दिखने लगे। इस अनुसन्धान ने उनकी कल्पना की मांसपेशियों को खींच–खींच कर मज़बूत किया है। इतना मज़बूत, कि वे अपनी अगली बात कथा–संसार से कहने के लिए तैयार हो गये।

यह एक पत्रकार का पहला उपन्यास है। लेकिन यह कल्पना और यथार्थ के बीच ऐसे झूलता है जैसे अच्छी कला झूलने की कोशिश करती है। भविष्य की गोदी में निडर हो कर कूदने वाली इस कहानी की धुरी है सन् 2074 में फरक्का के बाँध का टूटना। इसके बाद जो त्रासदी खुलती जाती है, उसमें प्रलय के संकेत दिखते हैं। कई कथाकार ऐसे हुए हैं जिन्होंने अपनी कल्पना के सहारे वह बात बतलाई है जो बाद में सही में घटित हुई। फलित भविष्य बताने की तरह। अभय मिश्रा का उपन्यास पढ़ते हुए यह डर लगातार बना रहता है कि यह किसी लेखक की कल्पना की उपज नहीं है, यह हमारे भविष्य का संकेत भी है। साथ ही यह उम्मीद भी जगती है कि ऐसी कथाएँ पढ़कर शायद हम चेत जायें। शायद हम मान लें कि हम अपने पर्यावरण से अलग नहीं हैं, उसका एक हिस्सा भर हैं।

शायद हम अपने अहंकार को किनारे रखकर प्रकृति के महारास में रम जायें। इस प्रलय की कहानी में एक अंश आशा का भी है। इसके लिखने वाले और पढ़ने वालों के लिए शुभकामनाएँ।

सोपान जोशी

नयी दिल्ली
1 जुलाई, 2018

अपनी बात

अनुपम भाई अक्सर कहा करते थे कि प्रकृति का अपना कैलेंडर होता है और कुछ सौ बरस में उसका एक पन्ना पलटता है। नदी को लेकर क्रान्ति एक भोली–भाली सोच है इससे ज़्यादा नहीं। वे कहते थे हम अपनी जीवनचर्या से धीरे–धीरे ही नदी को ख़त्म करते हैं और जीवनचर्या से धीरे–धीरे ही उसे बचा सकते हैं।

उनका 'प्रकृति का कैलेंडर' ही इस कथा का आधार बन सका है। नारों और वादों के स्वर्णयुग में जितनी बातें गंगा को लेकर कही जा रही हैं यदि वे सब लागू हो जायें तो क्या होगा? बस आज से 55–60 साल बाद सरकार और समाज के गंगा को गुनने–बुनने की कथा है–'माटी मानुष चून'।

बेशक सन् 2074 का समाज भी अलग होगा, संस्कृति भी बदले रूप में सामने होगी और तकनीक अपने उत्तर–आधुनिक स्वरूप में इनसान को वापस प्रकृति से जोड़ने का दावा कर रही होगी। ऐसे समय में जब गंगा पथ का समाज पानी की किल्लत, बाढ़ की विभीषिका, आर्सेनिक का कहर, मिट्टी कटाव और तेज़ी से बढ़ते डेल्टा का सामना कर रहा है। तब हमारे पास एक ऐसी गंगा है जिसमें सम्पन्न जलमार्ग और फूलों की खेती से अमीर हो चुके किसान हैं। भारत वाटर फुटप्रिंट का अहम खिलाड़ी बना हुआ है और फिशिंग का अर्थशास्त्र पूरी तरह बदल चुका है। शुद्ध गंगा जल बाज़ार में मौजूद है और पर्यावरणीय बदलावों के चलते कटाव ने एक बड़े इलाके को समुद्र बना दिया है। आज से आधी सदी बाद गंगा पथ के शहरों का कायापलट होकर वहाँ बुलेट ट्रेन

चल रही होगी और उनके सीवेज को पूरी तरह ट्रीट करने में सफलता मिल चुकी होगी। गाद मैनेजमेंट एक बड़ी इंडस्ट्री होगी, इन सबसे बढ़कर स्वच्छता अभियान के अवैज्ञानिक परिणाम सामने आने लगेंगे। ये सभी विषय आशंकित करते हैं लेकिन अतिशयोक्तिपूर्ण नहीं है।

कहते हैं मुँह से निकले शब्द कहीं नहीं जाते बल्कि यहीं, हमारी समझ से इतर विचरते रहते हैं, सोचिए यदि वे वापस आ गये तो! बटरफ्लाई इफ़ेक्ट से कैटरीना तूफ़ान लाने की आशंका पर विचार करने वाला विज्ञान उस कचरे के अन्तिम गन्तव्य पर बात क्यों नहीं करता जिसे सरकार नीले डिब्बे में डालने पर ज़ोर देती है। हर रोज़ पैदा किया जा रहा न मरने वाला कचरा कभी किसी रोज़, किसी रूप में तो सामने आयेगा ही।

इसी तरह जड़ों से उखड़े या उखाड़े गये लोग भी वापस आते हैं, पीढ़ियों के बाद ही सही लेकिन आते हैं। और जब आते हैं तो अपने साथ एक तूफ़ान लेकर चलते हैं। गंगा पथ से उजाड़े गये लोग भी वापस आयेंगे कुछ सौ सालों बाद, तब क्या हमारे पास हिम्मत होगी उनका सामना करने की।

इस कहानी में भी साक्षी वापस आयी है, कई पीढ़ियों के बाद, अपनी जड़ों की तलाश में, कुछ सुनी–सुनायी कहानियों की बदौलत वह मिलना चाहती है अपनी ज़मीन से, अपने वजूद को ढूँढ़ खुद के अधूरेपन को पूरा करने की कोशिश करती है।

मेरा तकनीकी ज्ञान उतना ही है कि जितना मोबाइल चलाने के लिए ज़रूरी होता है। इसलिए इस कहानी को लिखते समय भविष्य में मौजूद तकनीक पर बात न के बराबर है। उस पर बात करने की कोशिश में कहानी के साइंस फ़िक्शन जैसा कुछ बनने का डर रहता और विषय से भटकने का भी। वास्तव में यह मेरी क्षमता के भी बाहर है।

यह कथा पूरी तरह मेरे द्वारा कही गयी है यह कहना सही नहीं होगा। कुछ क़रीबी हैं जिन्हें धन्यवाद किये बिना किताब के पन्ने पलटे गये तो ज़्यादती होगी।

विजय भइया ने इसके पहले नीरस ड्राफ्ट को सब्र के साथ पढ़ा और बेहतरीन सुझाव दिये। पंकज ने कहानी को रोचक बनाने की नीयत से बार–बार पढ़ा और ख़ुद बदलाव भी किये। वास्तव में विजय भइया और पंकज इस किताब के सह–लेखक हैं।

रेणु आगाल और रियाज़–उल–हक़ से उनके प्रकाशन क्षेत्र के अनुभवों का लाभ मिला। उन्होंने कुछ अच्छी शोध सामग्री से परिचय कराया।

कहानी में बंगाल की संस्कृति को स्थापित करने के लिए संयुक्ता ने मदद की और भोजपुरी डायलॉग लिखने के लिए मैंने टाइम–बे टाइम राजन को परेशान किया। मैं उन्हें व्हाट्सएप करता और संयुक्ता और राजन मेरी लिखी भावनाओं को समझ उसे बांग्ला और भोजपुरी में अनुवादित कर भेज देते।

दर दर गंगे के पहले पन्ने पर अनुपम भाई द्वारा लिखी लाइनें हैं। उनके प्रकृतिलीन होने के बाद मैंने स्वाभाविक तौर पर सोपान जोशी से भूमिका लिखने का आग्रह किया। अनुपम जी अक्सर कहते थे कि सोपान उम्मीद जगाते हैं। और यह सच भी है कि आज के दौर में पर्यावरणीय समझ रखने वाले पत्रकारों में वे अग्रणी हैं।

एक बेहद ख़ास धन्यवाद वरिष्ठ पत्रकार और पिता तुल्य राम बहादुर राय को जिन्होंने नारों, वादों और दावों के इस दौर में भरोसा और मौक़ा दिया कि लगे रहो। राय साहब ने *यथावत* में नदी कथा कॉलम को प्रमुखता से जगह दी और पर्यावरणीय विषयों को खानापूर्ति की तरह नहीं प्रमुख ख़बरों की तरह लिया।

लेखक–पत्रकार अरुण तिवारी का भी धन्यवाद, उनके लेखों को पढ़कर ही मैं आप्लावन नहरों को समझ पाया। गंगा पथ पर ऐसे ढेरों लोग हैं जिनसे मिलकर हर बार कुछ सीखने को मिलता है। ये लोग मीडिया की चकाचौंध से दूर बस अपना काम कर रहे है, गंगा को जी रहे है, उसे सँभाल रहे हैं, वे अपनी नदी को धीरे–धीरे बुन रहे हैं।

और वाणी प्रकाशन का युवा चेहरा अदिति, पूरे प्रोफ़ेशनल एप्रोच

के साथ वे प्रकाशन के हर क्षेत्र में पूरा दख़ल रखती हैं। उन्हें उँगलियों पर याद रहता है कि फलाँ किताब एडिटिंग में है और फलाँ किताब प्रूफ़ में। कवर पेज से लेकर सोशल मीडिया तक उनकी रचनात्मकता की झलक इस किताब के कवर पर भी नज़र आती है।

मीठी ने बहुत सब्र के साथ, साथ दिया। थैंक्यू मीठी, कहना शायद पर्याप्त नहीं है क्योंकि उसके खेलने की क़ीमत पर किताब आकार ले सकी है। वैसे भी गंगा हमें विरासत में नहीं मिली, इसे हमने अपने बच्चों से उधार लिया है। तो मीठी, चिन्मय, चैतन्य, सादगी, रेवा, अस्मि, अद्विता, अदम्य, आदि, स्तुति, तन्वी की गंगा उन्हें वापस करने की एक ईमानदार कोशिश तो होनी ही चाहिए।

—अभय मिश्रा

शुरू अन्त

13 दिसम्बर, 2074

एक बार की बात है बेसुध सोये हुए अब्दुल को अचानक पैरों में कुछ ठण्डक–सी महसूस हुई। नशे, नींद और सपने ने कुछ मिनट संघर्ष किया, वह चौंक कर उठा। उसने अपनी आँखों को मलते हुए इर्द–गिर्द नज़र दौड़ाई तो उसे सिर्फ़ पानी नज़र आ रहा था। अब भी वह अपने कमरे को अपने सपने से जोड़ने की कोशिश कर रहा था। अब्दुल को लगा बस अभी एक पल में सब ठीक हो जायेगा। लेकिन अचानक बारिश के साथ चमकती बिजली ने उसे दिखा दिया कि ये सपना नहीं हक़ीक़त है। उसके घर में पानी बढ़ता जा रहा था। खिड़की के रास्ते जैसे–तैसे वह बाहर निकला। चारों तरफ़ सिर्फ़ और सिर्फ़ पानी था। चरस की पिनक ने उसे इतनी गहरी नींद में ला दिया था कि होश ही नहीं रहा कि बाहर क्या हो गया। परिवार तो उसका था नहीं बस जो था वह गाँव था जो अब नज़र नहीं आ रहा था। उसने धीरे–धीरे आगे बढ़ना शुरू किया। अचानक वह पूरी तरह पानी में डूब गया, अब उसने तैरना शुरू कर दिया था। गाँव के रास्ते उसे इस कदर रटे हुए थे कि वह तैर कर भी अपनी जगह पहुँच सकता था। एक निश्चित दिशा में तेज़ी से हाथ–पैर चलाते हुए वह आगे बढ़ता जा रहा था। अचानक उसके बगल से कोई बहुत तेज़ी से बहता हुआ निकला उसी वक़्त चमकी बिजली ने जैसे ही आँखें खुली हुई उस बच्चे की लाश को दिखाया अब्दुल की हिचकी बँध गयी। उसकी तैरने की गति और तेज़ हो गयी। वह आगे बढ़ता जा रहा था और उसके इर्द–गिर्द से कई लाशें बह–बह कर उससे तेज़ी से आगे निकलती जा रही थीं। बहती लाशों ने उसे कँपा कर रख दिया था। उसके शरीर से शायद डर का पसीना निकल पड़ा था जिसने बारिश के पानी को थोड़ा–सा खारा

कर दिया हो। उसने और तेज़ हाथ–पैर चलाना शुरू किया। लाशों के साथ सामान भी बह रहा था। अब अब्दुल को वह पहाड़ दिखने लगा था जिसके पास वह पहुँचना चाहता था। जब से होश सँभाला था कि तब से सुन रखा था कि भले ही कुछ हो जाये लेकिन पहाड़ पर बना हज़ारों साल पुराना शिव मन्दिर कभी डूब नहीं सकता है। अब वह मन्दिर ही उसकी आख़िरी उम्मीद बचा था। पानी फिर घुटने तक आ गया। अब्दुल की नज़र चन्दन पर पड़ी, जो अपने बच्चे को पीठ पर लादे हुए था, दोनों की नज़रें मिलीं फिर बिना कुछ कहे वे एक–दूसरे का हाथ पकड़कर पहाड़ी की तरफ़ बढ़ने लगे।

अब्दुल ने दक्ष पर एक नज़र डाली और उसकी हिम्मत बनाये रखने के लिए उसके पैरों को सहलाया। दक्ष ने अपने अब्दुल चाचा को देखा और मुस्करा दिया। किसी बीमारी के चलते दक्ष अपने पैरों पर खड़ा नहीं हो सकता। लेकिन था वह पूरे गाँव का चहेता। तबाही का यह आलम भी उसे डरा नहीं पाया था या शायद वह आठ–नौ साल की जान इस मंज़र को समझ ही नहीं पा रही थी।

उत्तरी बंगाल के मालदा ज़िले का ये गाँव लगातार होती बारिश की चपेट में था। लोग बस भाग रहे थे। सब को मन्दिर तक पहुँचना था। पहाड़ी के ठीक पहले पानी गले तक आ गया, जिससे पहाड़ी पर चढ़ना और दुष्कर लग रहा था। कई लोग एक–दूसरे का हाथ पकड़े धीरे–धीरे आगे की ओर बढ़ रहे थे। पहाड़ी के ऊपर मौजूद मन्दिर का नज़ारा भी बदला हुआ था। यूँ लग रहा था मानो हज़ारों लोगों ने मन्दिर को अपने सिर पर उठा रखा है। पहाड़ी पर चारों ओर से लोग चढ़े हुए थे। मन्दिर के रास्ते की शुरुआत में ही पुरातत्व विभाग के लगे बोर्ड में एक रस्सी को बाँध कर कुछ स्वयंसेवक लोगों को पानी से ऊपर की ओर खींच रहे थे। पुरातत्त्व विभाग के बोर्ड में मन्दिर को तक़रीबन छह सौ साल पुराना बताया गया है इसके उलट स्थानीय लोगों का मानना है कि इस मन्दिर का निर्माण पाण्डव काल में हुआ था जब वनवास के दौरान अर्जुन समर्थन जुटाने देशाटन पर निकले थे। वे आज के असम और तत्कालीन प्राग्ज्योतिषपुर जाते समय यहाँ रुके और इस मन्दिर का निर्माण करवाया। वैसे हमारे यहाँ हर प्राचीन मन्दिर या तो राम–लक्ष्मण ने बनाया है या फिर पाण्डवों ने या फिर पृथ्वीराज चौहान ने। इसके बाद के मन्दिरों में आस्था कम जागती है इसीलिए मन्दिरों को प्राचीन से

प्राचीनतम बताने की होड़ लगी रहती है। लगातार होती बारिश ने पहाड़ी के चारों ओर एक झील बना दी थी जो कुछ दूर बहती महानन्दा से एकाकार हो तेज़ गर्जना कर रही थी। बीच–बीच में चमकती बिजली से होती रोशनी में ऊँची–ऊँची उठती लहरें उसकी भयावहता दिखा रही थीं। इस कच्ची पहाड़ी को छोड़कर जंगल, ज़मीन, जानवर सब कुछ जलमग्न था। बारिश तेज़ होने से साथ ही पहाड़ी से मिट्टी धंसकने लगी।

हर हर महादेव... भयभीत लोगों ने महादेव का जयकारा लगाया और अपने बच्चों को भींच कर पहाड़ी की मिट्टी में ही पकड़ तलाशने लगे। अब्दुल और उसके बगल में अपने बच्चे को थामे चन्दन दोनों ही पहाड़ की मिट्टी से सटे हुए थे। किसी का पैर किसी के मुँह पर था। बच्चों के

रोने की चीत्कार और चीख़ती हुई आवाज़ के साथ पानी की हुंकार सब ने मिलकर एक अजीब–सा कोलाहल रच दिया था। आसमान से गिरती और धरती से आगे बढ़ती उस जलराशि ने धर्म और जातियों की लकीर मिटा दी। हर कोई एक–दूसरे का हाथ थामे बस सर पर गिरते पानी से बन्द होती आँखों के बीच नाक में जबरन साँसों को घुसाने में लगा हुआ था।

मालदा सहित बंगाल–बिहार के इस हिस्से के लिए बाढ़ का आना कोई नयी बात नहीं थी लेकिन इस बार बाढ़ नहीं कयामत लग रही थी। हर बरस और कई बार तो साल में दो बार बाढ़ झेलने वाला समाज इस बार सहमा हुआ था। अबकी बारिश कुछ ठान कर आयी मालूम होती है।

कमोबेश यही तस्वीर उत्तरी भारत के ज़्यादातर हिस्से में नज़र आ रही थी। गंगा सहित सभी नदियों के रूप को देख कर ऐसा लग रहा था जैसे सदियों से दबा गुस्सा फूट पड़ा हो। बंगाल ही नहीं बिहार, उत्तर प्रदेश में भी गंगा का ताण्डव समझ से परे था। हज़ारों हेक्टेयर ज़मीन गंगा के विकराल होते मुँह में समा चुकी थी। फ़सल तो पहले ही पूरी तरह बर्बाद हो चुकी थी। राजमहल और कहलगाँव में नदी से लगे गाँव हर रोज़ पीछे हो रहे थे, क्या जात–पाँत और क्या धर्म। बस ज़िन्दगी को बचाने की जद्दोजहद ही नज़र आ रही थी। सामान इकट्ठा करना तो इन लोगों ने पहले ही छोड़ दिया था, अब उन्हें लग रहा था कि जैसे–तैसे करके अपनी साँसों को इकट्ठा कर लें। सब एक साथ चल रहे थे लेकिन कोई बात नहीं थी। पानी के शोर के बीच चुपचाप दिशाहीन आगे बढ़ते लोगों की ख़ामोशी ने एक अजीब–सा डरावना माहौल खड़ा कर दिया था। सब साथ थे लेकिन कोई किसी के साथ नहीं था।

बाढ़ वाले इलाकों में आपदा राहत दल तेज़ी से काम कर रहे हैं। बाढ़ को राष्ट्रीय आपदा घोषित किया जा चुका था। हालात दिन पर दिन बेक़ाबू होते जा रहे थे और राहत हेलीकॉप्टर उड़ान नहीं भर पा रहे थे। सरकारी राहत बस चाहत बन कर रह गयी थी। गलियों में तैरते स्टीमर थे लेकिन उन पर औपचारिकताएँ सवार थीं। फाइबर ऑप्टिकल के रिपीटर बाढ़ का शिकार हो गये थे जिससे इंटरनेट और मोबाइल पूरी तरह ठप्प हो गये। संचार के लिए पुरातन माने जा चुके सैटेलाइट फिर काम आ रहे थे, हालाँकि उनकी पहुँच सीमित थी और मिलिट्री स्पेक्ट्रम सुरक्षा एजेंसियों की मदद कर रहा था।

कोशी, घग्गर, सोन, रामगंगा सहित सभी बड़ी–छोटी नदियाँ अथाह

पानी लेकर गंगा में समा रही थीं। बिहार में गंगा से मिलने वाली ज़्यादातर नदियाँ नेपाल से आती हैं। वहाँ बादल फटने की तीन–चार घटनाओं ने यहाँ के हालात को और भी ज़्यादा बदतर बनाया।

मालदा में कभी न डूबने वाला शिव मन्दिर कई बार काँप चुका था। अब्दुल अपने साथियों के साथ ऊपर चढ़ते पानी के बीच साँसों के थमने का इन्तज़ार कर रहा था।

लेकिन अभिजीत बसु ने हार नहीं मानी थी, वह जानते थे तबाही का असली चेहरा अभी नज़र आना बाक़ी है। अब्दुल के गाँव से बीसेक किलोमीटर दूर अभिजीत के ऑफ़िस में तनाव अपने चरम पर था।

एक विशाल बैराज, जिसने पानी को थामा हुआ था। लेकिन पानी अपना ज़ोर दिखा कर रोज़ उसका इम्तिहान ले रहा था। गोया एक प्रतियोगिता चल रही थी कि आख़िर कौन जीतता है प्रकृति या इनसान। ये जगह थी फरक्का।

फरक्का के आसपास का दृश्य हर दिन बीतने के साथ भयावह होता जा रहा था। मालदा में आम के बग़ीचे पानी के बीच जलकुम्भियों की तरह दिखाई पड़ रहे थे। चारों ओर फैले अथाह पानी ने भारत–बांग्लादेश की सीमा को मिटा दिया था। बांग्लादेश में बहने वाली पद्मा–मेघना नदी भी रौद्र रूप दिखा रही थी। अभिजीत लगातार सैटेलाइट फ़ोन से

अपनी पत्नी शिल्पा और बेटी मीसा से बात करने की कोशिश कर रहे थे, अनिष्ट की आशंका मायापुरी की उस अस्थायी कॉलोनी में भी छायी हुई थी, जिसे कुछ दिन पहले ही फ़रक्का से यहाँ शिफ्ट किया गया था। कॉलोनी के निवासी अपने–अपने घरों में प्रार्थना और मन्नतों में जुटे थे।

फरक्का से आगे 17 किलोमीटर बाद बांग्लादेश की सीमा है। फरक्का बैराज के ठीक पहले गंगा के बीचोंबीच मौजूद पहाड़ समुद्र में एक टापू की तरह नज़र आ रहा था। यह पहाड़ गाद से बना है। केन्द्रीय औद्योगिक पुलिस बल के स्टीमर चारों ओर सतर्कता बरतते घूम रहे थे। ग्राउंड स्टाफ की रिपोर्ट के बाद फरक्का के सभी गेट खोलने का निर्णय लिया गया लेकिन बांग्लादेश सभी गेटों को खोलने का लगातार विरोध कर रहा था। उत्तर–पश्चिमी बांग्लादेश का एक बड़ा हिस्सा पहले ही बाढ़ की त्रासदी को झेल रहा था। लेकिन भारतीय क्षेत्र में मानिकचक और मालदा के डूब में आने के बाद सभी गेट खोलने के अलावा कोई चारा नहीं बचा था। हालाँकि अभिजीत ने हालात बिगड़ने से पहले ही सभी गेट खोलकर दोनों देशों में संयुक्त बचाव अभियान चलाने की सिफ़ारिश की थी लेकिन तब इसे माना नहीं गया। अभिजीत के कमरे में लगे विशाल स्क्रीन पर सैटेलाइट के सिग्नल दिख रहे थे, बैराज के नक़्शे में लगातार बदलते लाल बिन्दुओं ने उसे परेशान कर दिया।

फरक्का बैराज में कुल 108 गेट हैं, दूर से देखने में लगता है मानो नवाब सिराजुद्दौला के क़िले के विशाल दरवाज़े एक लाइन से खड़े हों, बैराज के क़रीब 30 गेट पहले ही खोले जा चुके थे और बाक़ियों को खोलने की तैयारी चल रही थी।

लेकिन आपदा का पहला अध्याय ज़मीन के नीचे दबा था—वह था बैराज का गेट नम्बर 109...। अपने निर्माण के कुछ समय बाद ही यह गेट लगातार आती गाद के नीचे दब गया और तक़रीबन एक सदी से ज़मीन के नीचे ही था। तकनीकी विभाग की फ़ाइलों को छोड़कर हर कोई उसे भूल चुका था। ज़मीन के गर्भ में दबा ये गेट जंग लगने के बावजूद अब तक टिका हुआ था और गाद—बाढ़ के सैकड़ों थपेड़ों को झेलता हुआ मिट्टी से एकाकार हो चुका था। लेकिन इस बार पानी का दबाव और मिट्टी का कटाव दोनों ही हर क्षण बढ़ रहे थे। मिट्टी के कटाव ने दरवाज़े की जड़ों को हिला दिया और देखते ही देखते इस दरवाज़े के स्थान पर एक विशाल सुरंग जैसी जगह बन गयी जिसने पानी के बहाव को कई गुना तेज़ कर दिया। सुरंग में बह रहे इस ज़लज़ले ने गेट नम्बर 108 को खोखला करना शुरू किया। बैराज के रखरखाव में लगी टीम इससे पूरी तरह अनजान थी। पानी के नीचे लगे कैमरों ने कभी का काम करना बन्द कर दिया था और उपग्रह से आते संकेतों को बाढ़ का बढ़ना ही समझा गया।

बैराज ऑफ़िस में अफरातफरी मची हुई थी, गेट नम्बर 45 ढह गया था, हालाँकि गेट नम्बर 45 पहले भी कई बार ढह चुका है, कहते हैं बैराज निर्माण के समय हुए किसी वास्तुदोष के कारण ऐसा होता है पर इस बार गेट का बहना किसी अपशगुन का संकेत था। दरवाज़ों को खोलने और उसके बह जाने में बड़ा फ़र्क़ होता है। गेट के बह जाने के पीछे प्रशासनिक लापरवाही, भ्रष्टाचार और अन्तरराष्ट्रीय सन्धियों के अमल में बोले जाने वाले झूठे दावों का लम्बा इतिहास होता है।

रात का दूसरा पहर बीत चुका था, विशालकाय फरक्का बैराज चारों ओर फैली जलराशि के बीच चीन की दीवार जैसा नज़र आ रहा था। एकाएक यह दीवार काँपी और बैराज के ऊपर मौजूद पूरा प्रशासनिक अमला दहल गया। बैराज के अँधेरे गलियारों में ख़तरे का अलार्म बज उठा। केन्द्रीय औद्योगिक सुरक्षा बल सहित किसी को भी बैराज छोड़ने का आदेश नहीं था। अभिजीत मॉनीटरिंग रूम में मौजूद थे, कम्पन के

साथ ही उन्होंने वहाँ मौजूद सहयोगियों से बाहर निकलने को कहा और ख़ुद एक कम्प्यूटर के सामने बैठ स्थिति पर नज़र रखने लगे। किसी की हिम्मत नहीं हुई कि उनसे भी चलने को कहे। हड़बड़ी में लोग बैराज से निकल कर स्टीमर की ओर दौड़ने लगे। यह तीसरी बार था जब बैराज में भूकम्प की तरह कम्पन हुआ। वे लोग स्टीमर तक पहुँचे भी नहीं थे कि तेज़ धमाका हुआ मानो कई बिजलियाँ एक साथ टूट पड़ी हों। टाउनशिप की तरफ़ बैराज के दस गेट टूट चुके थे, तेज़ धारा में केन्द्रीय औद्योगिक सुरक्षा बल के स्टीमर तिनकों की तरह बह रहे थे और देखते ही देखते एक के बाद एक कई सारे गेट इस ज़लज़ले में समा गये, पूरा ढाँचा भरभराकर गंगा में खो गया। समुद्र के बीच खड़ी दीवार दिखना बन्द हो गयी।

अब्दुल के गाँव की कच्ची पहाड़ी और उसका प्राचीन मन्दिर भी अब नहीं था।

अथाह पानी बांग्लादेश की ओर बढ़ रहा था।

क्योंकि संवेदनाओं के सरोकार आर्थिक स्थिति से तय होते हैं

क़रीब एक महीने बाद : 15 जनवरी, 2075

कोलकाता का नेताजी सुभाषचन्द्र बोस अन्तरराष्ट्रीय हवाई अड्डा। मॉरिशस से आने वाले जहाज़ से उतरते लगभग सभी चेहरे भारतीय ही होते हैं। भारतीय और भारतीय मूल के बीच फ़र्क़ अब मिट–सा गया है।

हैरान–परेशान सुब्रतो अब तक कई बार अपने सहायक को तख़्ती ठीक से पकड़ने की नसीहत दे चुके थे। उनका गेस्ट अब तक बाहर नहीं आया था लेकिन सुब्रतो का सब्र जवाब दे गया और वे ख़ुद तख़्ती लेकर खड़े हो गये।

कुछ देर बाद सामने से आती एक सामान्य क़द की महिला को देखकर वे सतर्क हो गये, इस चेहरे को वे अपने फ़ोन पर कई बार देख चुके थे।

साक्षी पहली बार भारत आयी हैं। शरीर गठा हुआ किसी एथलीट की तरह, उम्र पचास के क़रीब, जींस और टीशर्ट के साथ एक महीन कोट बंगाल की मामूली ठण्ड से निपटने के लिए।

"आपका स्वागत है मैडम" सुब्रतो दासगुप्ता ने चश्मा ठीक करते हुए बुके साक्षी की तरफ़ बढ़ा दिया।

"बहुत सुन्दर गुलाब हैं!"

"बंगाल से लेकर बिहार–उत्तर प्रदेश की सीमा तक गंगा किनारे इन गुलाबों की खेती होती है, सरकारी सहयोग के चलते गंगा पथ फूलों से लहलहा रहा है।"

सुब्रतो की बात का जवाब साक्षी ने मुस्कराकर दिया।

क़रीब चालीसेक साल के सुब्रतो केन्द्र में गृह मन्त्रालय के मातहत

संयुक्त सचिव के पद पर हैं और राष्ट्रीय आपदा प्रबन्धन प्राधिकरण में डेप्युटेशन पर कोलकाता में पोस्टेड हैं।

क़रीब 20 मिनट की ड्राइव के बाद वे लोग होटल में थे।

सुब्रतो लगातार साक्षी को मैडम कहकर ही सम्बोधित कर रहे थे। उन्हें ख़ुद को सौंपी गयी जिम्मेदारी को निभाना था और स्थिति को बिगड़ने से भी बचाना था। सामान्य से थोड़ा कम क़द और गोल चेहरा सुब्रतो को एक घाघ नौकरशाह के खाँचे में फिट करता है। हमेशा मुस्कराते हुए विनम्रता से बात करने की आदत ओढ़े रहने के चलते ही उन्हें यह महत्त्वपूर्ण ज़िम्मेदारी सौंपी गयी है।

"मैडम अब आप आराम करें, आज होने वाली मीटिंग शाम को इसी होटल में है। उसके बाद कल सुबह मुख्यमन्त्री से मुलाक़ात के बाद 10 बजे हम लोग दिल्ली की फ़्लाइट लेंगे।"

"नहीं सुब्रतो, हम दिल्ली फ़्लाइट से नहीं बाई रोड जायेंगे, मैं गंगा सुपर हाईवे देखते हुए चलना चाहती हूँ।"

सुब्रतो एक पल के लिए चौंके फिर सहमति में सिर हिलाते हुए बोले, ''ठीक है मैम लेकिन कल शाम आपकी मीटिंग गृह सचिव के साथ दिल्ली में तय है...नहीं...मतलब आप कहें तो मैं रिशिड्यूल के लिए दिल्ली इन्फॉर्म कर दूँ।

''प्लीज़...थैंक यू...''

साक्षी कमरे में आकर सोफ़े पर पसर गयी। शाम की मीटिंग में अभी काफ़ी समय था। उसने अपना चश्मे की शक्ल का गैजेट थर्ड आई निकाला और आँखों पर चढ़ा लिया। कुछ ही क्षणों में उसकी आँखों के आगे दुनिया की कई खिड़कियाँ खुली हुई थीं, वह वॉयस कमांड देते हुए बुदबुदायी। 'हरिहरपुर, बिहार स्टेट'।

थ्री डी तस्वीरें बनाता इंटरनेट मैप क़रीब दस सेकेंड की एक्सरसाइज़ के बाद रुक गया। ऐसा पहले भी कई बार हो चुका है, स्क्रीन पर हरिहरपुर नहीं था, साक्षी के चेहरे पर निराशा के भाव उभरे, उसने चश्मा निकालकर एक ओर रख दिया और ऐतिहासिक भारतीय जलमार्गों पर एक रिपोर्ट के पन्ने पलटने लगी।

डिनर के ठीक पहले आयोजित इस मीटिंग में साक्षी और सुब्रतो के अलावा

और भी दस लोग मौजूद थे। मंजुल सरकार पश्चिम बंगाल सरकार में सचिव के पद पर हैं, इसके अलावा केन्द्र के अधिकारी, मालदा के स्थानीय नेता रूपांकर जी और कालियाचक के विधायक जलीम ख़ाँ चौधरी, दो पर्यावरणविद्, कोलकाता हाईकोर्ट के सलाहकार, फरक्का सन्धि के मुख्य प्रशासनिक अधिकारी और विस्थापितों के दो प्रतिनिधि भी शामिल थे।

मीटिंग की औपचारिक शुरुआत मंजुल सरकार ने साक्षी का परिचय करवाते हुए की, "साक्षी जी पिछले बीस सालों से पर्यावरण को बचाने में सक्रिय रही हैं, वे कई मामलों में अन्तरराष्ट्रीय न्यायालय की सलाहकार भी हैं, दो देशों के बीच चल रही संसाधनों की लड़ाई में साक्षी उनकी आवाज़ हैं, जिनका वास्तव में उन संसाधनों यानी जल और जंगल पर अधिकार है, जैसा कि आप सब जानते हैं कि फरक्का त्रासदी के बाद बांग्लादेश ने भारत पर आरोप लगाते हुए अन्तरराष्ट्रीय न्यायालय में मामला दर्ज कराया है, साक्षी जी न्यायालय की ओर से जाँच अधिकारी नियुक्त की गयी हैं, जो भारत की ओर से त्रासदी को रोकने के लिए की गयी कोशिशों और दोनों देशों को हुए आर्थिक और सामाजिक नुक़सान पर अपनी रिपोर्ट तैयार करेंगी।"

सरकार ने कहना जारी रखा।

"फरक्का त्रासदी, एक दैवी प्रकोप है, जिसे रोक पाना इनसानों के बस में कभी भी नहीं रहा, हमारा हमेशा से कहना रहा है कि अलनीनो के चलते दुनिया में कहीं भी ऐसा हो सकता है। हालाँकि, राज्य सरकार ने तुरन्त क़दम उठाते हुए पीड़ितों को मुआवज़ा दिया, भोजन, पानी, कपड़ा उपलब्ध कराया और युद्ध–स्तर पर काम करते हुए ऑप्टिकल फाइबर नेटवर्क को दोबारा चालू किया। इस त्रासदी से सबसे ज़्यादा नुक़सान राज्य को ही हुआ, केन्द्र और अन्तरराष्ट्रीय मदद नाकाफ़ी थी, फिर भी बड़े पैमाने पर सैकड़ों इनसानों और हज़ारों जानवरों की लाशों को ठिकाने लगाया गया ताकि महामारी ना फैले, इस काम में सेना और पुलिस के अलावा स्थानीय लोगों और स्वयं सेवी संस्थाओं का बड़ा योगदान रहा, पीड़ितों की मदद का काम आज भी जारी है।" एक गहरी नज़र सभी पर डालकर उन्होंने कहा, "केन्द्र और राज्य द्वारा पेश रिपोर्ट में सभी बातें विस्तार से आ गयी हैं, फिर आप लोग कोई तथ्य पेश करना चाहें जिससे इस दैवी आपदा की नयी बातें सामने आ सकें तो आप कह सकते हैं या हमें लिखित में दे सकते हैं।"

इतना कहकर मंजुल चुप हो गये लेकिन सभी ने महसूस किया कि उनके लहजे में दैवी आपदा पर विशेष ज़ोर था।

श्रीराज विश्वास ने कुछ कहने की कोशिश की जिसे सुब्रतो ने इशारे से रोक दिया, ये इशारेबाज़ी साक्षी से छुपी नहीं थी। श्रीराज यहाँ विस्थापितों के प्रतिनिधि के रूप में मौजूद थे। इससे पहले कि साक्षी कुछ कहतीं कालियाचक के विधायक उखड़ गये, "मैडम, ये अधिकारी आपके सामने झूठ बोल रहे हैं कि सबको मुआवज़ा और ज़मीन दी, मैडम मेरे पास लिस्ट है, कालियाचक के आठ हज़ार लोगों को इन्होने पीड़ित नहीं माना, सरकार का दावा है कि ये लोग अवैध बांग्लादेशी घुसपैठिए हैं, पर मैडम ये लोग पीढ़ियों से यहीं रह रहे हैं, मुस्लिम होने के कारण हमारे साथ ऐसा व्यवहार किया जा रहा है।"

यह साक्षी जी के विचार का विषय नहीं है कि हमने किसे मुआवज़ा दिया और किसे नहीं। केन्द्र के एक अधिकारी ने कहा, "नोटिफ़िकेशन में साफ़ लिखा है कि मैडम बांग्लादेश के आरोपों और फरक्का त्रासदी के कारणों को समझने के लिए यहाँ हैं न कि हमारे आन्तरिक मामलों में हस्तक्षेप करने के लिए।" अधिकारी का लहजा कालियाचक के विधायक को समझाने से ज़्यादा साक्षी को उसकी सीमाएँ बताने वाला था।

"पूरा शहर तबाह हो गया और आप हमें अपनी बात भी नहीं रखने दे रहे, तो यहाँ बुलाया ही क्यों था।"–विधायक की आवाज़ अब भी तेज़ थी, जिसने वहाँ बैठे मंजुल के सहायक को नाराज़ कर दिया।

"इस तबाही से कुछ अच्छा हुआ तो यह कि कालियाचक तबाह हो गया।"

"ये क्या कह रहे हैं आप, होश में तो हैं।"

बैठक में तनाव पैदा हो गया। मंजुल इशारे से अपने सहायक को चुप रहने के लिए कह रहे थे लेकिन दोनों की निगाहें आपस में मिल ही नहीं पा रही थीं।

"आप सरकारी अधिकारी हैं, आपका व्यवहार ज़िम्मेदाराना होना चाहिए," केन्द्रीय अधिकारी ने टोका।

"मैं पूरी ज़िम्मेदारी से ही कह रहा हूँ, साल के आठ महीने प्रशासनिक मशीनरी कालियाचक सँभालने में लगी रहती थी।"

अब मालदा के नेताजी ने कहा, ''मैं इस बात का समर्थन करता हूँ।''

"आप चुप रहिए रूपांकर जी, आपसे किसने समर्थन माँगा है।" मंजुल ने नाराज़गी ज़ाहिर की। लेकिन नेताजी नहीं रुके।

वैसे भी कालियाचक राष्ट्रद्रोहियों का अड्डा बन गया था, गंगा के रास्ते बांग्लादेश से ड्रग्स से लेकर हथियार, नाबालिग लड़कियाँ और नक़ली करेंसी हर चीज़ चोरी–छिपे कालियाचक ही लायी जाती थी और यहाँ से देश के बाक़ी हिस्सो में सप्लाई होती थी। कालियाचक को बर्बाद होना ही था।

"यही नहीं बांग्लादेशी इस हादसे को भी अपने लिए एक मौक़े के तौर पर देख रहे हैं, हमारे पास ऐसे कई आवेदन आये हैं जिसमें वहाँ के लोगों ने दावा किया है कि वे भारतीय हैं और हादसे में बह कर बांग्लादेश पहुँच गये।" मंजुल के सहायक भी पूरी तरह रूपांकर जी के साथ थे।

"अब बताइए क्या यह सम्भव है कि इतने बड़े हादसे में भी कोई बह कर बांग्लादेश पहुँच जाये और वह भी ज़िन्दा।"

सुब्रतो ने तुरन्त चाय का ऑर्डर दिया। उनकी पूरी कोशिश थी मीटिंग में विषयान्तर न हो।

पन्द्रह मिनिट बाद मीटिंग दोबारा शुरू हुई तो अपेक्षाकृत शान्ति थी। मंजुल के सहायक अब मीटिंग का हिस्सा नहीं थे। हालाँकि मालदा के रूपांकर जी मौजूद थे और पहले की तरह जंग के मूड में नज़र आ रहे थे। अब तक यह साफ़ हो चुका था कि वे किसी पद पर भले न हों लेकिन बड़े व्यापारी हैं और सत्ताधारी पार्टी में काफ़ी पहुँच रखते हैं।

तपन दास एक प्रख्यात पर्यावरणविद् हैं। वह पर्यावरण के क़ानूनी पहलुओं और नदी के बदलते व्यवहार पर अपने अध्ययन के लिए जाने जाते हैं और इस मीटिंग में साक्षी की पहल पर शामिल हुए हैं। वह भारतीय नागरिक हैं लेकिन अपने काम की वजह से बांग्लादेश और पाकिस्तान में भी उनकी साख है। जितनी उनकी साख है प्रशासनिक अमले में वह उतने ही बदनाम हैं। तपन की मौजूदगी मंजुल सहित सभी सरकारी बाबुओं को अखर रही थी। हल्के सफ़ेद बाल, डार्क चॉकलेट जैसा रंग और दुबले–पतले तपन पहली नज़र में किसी एक्टिविस्ट से नज़र आते हैं। बिना खोंसे पहनी हुई उनकी आधी बाँह की शर्ट उनके ज़िद्दीपन को दिखाती है। साक्षी और तपन की मुलाक़ात एक–दो बार ही हुई है लेकिन वे एक–दूसरे को उनके कामों के मार्फ़त ही ज़्यादा जानते हैं।

''तपन जी आपको भी कुछ कहना हो तो कहिए। वैसे भी मुद्दे पर न रहना आपकी अदा है।''—मंजुल सरकार ने तपन की मौजूदगी को हल्का बनाने की कोशिश की। वहाँ बैठा हर शख़्स मुस्करा दिया। पर्यावरण के प्रति संवेदनशील होने के कारण तपन अक्सर बातों को खींचकर बोलते और महान मानवीय भूलों का इतिहास बताने की कोशिश करते थे।

"मुद्दे पर रहूँ या मुद्दत में, सरकार को बात समझा पाना हमेशा मुश्किल होता है, सरकार साहब।" तपन ने मुस्कराते हुए बता दिया कि वे चिकने घड़े हैं।

"आपकी सहमति हो तो किसी को मीटिंग में लाने की इजाज़त चाहता हूँ।"

''जी''—मंजुल ने हल्का—सा सिर हिलाया।

तपन उठकर बाहर की ओर गये और अगले ही पल एक अधेड़ को लेकर अन्दर आये।

यह कलाम चौधरी हैं, एक समय में गोसाबा में पचास बीघे के किसान थे। डेल्टा में पचास बीघे का मतलब कितना होता है यहाँ बैठे लोग इसे समझते ही होंगे। लेकिन आज यह एक फेरी लेकर लोगों को सजनाखली से गोसाबा पहुँचाते हैं। चौधरी साहब की सारी ज़मीन आज डेल्टा का हिस्सा है।

चौधरी साहब जैसे लोग नदी नियन्त्रण का अनिवार्य परिणाम हैं जिन्हें देखकर हम फरक्का त्रासदी को समझ सकते हैं। इसके लिए एक बार सुन्दरबन जाना चाहिए।

इस बात ने मंजुल सरकार को असहज कर दिया लेकिन वे चुप रहे और मीटिंग में शामिल लोगों को ऐसे देखा मानो कह रहे हों, देखो मैंने कहा था, यह कभी सीधे मुद्दे की बात नहीं करते।

तपन बोले, "सुन्दरबन वास्तव में जादुई आईना है, जिसने दशकों पहले बता दिया था, फरक्का जैसा हादसा हो सकता है।"

साक्षी की तरफ़ से मौन स्वीकृति पाकर उन्होंने बोलना जारी रखा—"नदी वास्तव में हमारे पास समुद्र की अमानत है हमने पानी को उस तक पहुँचने से रोका और अमानत में ख़यानत की। गंगा—ब्रह्मपुत्र का पानी रोकने के कारण समुद्र अपने अधिकार को पाने के लिए ज़मीन की तरफ़ बढ़ा, जो गंगासागर द्वीप 30 किलोमीटर लम्बा और 16 किलोमीटर चौड़ा

होता था, वह अब आधा भी नहीं बचा है। समुद्र लगातार ज़मीनों को निगल रहा था, सुन्दरबन के पाखीराला और सजनाखली जैसे बीस से ज़्यादा द्वीप अब समुद्र का हिस्सा हैं। इन्हीं के बीच कलाम चौधरी की ज़मीनें भी ज्वार–भाटा का अनिवार्य अंग बन गयीं। खारा पानी आगे बढ़ा तो खेती को बर्बाद कर गया; यहाँ तक कि कोलकाता की हुगली भी अब खारे पानी की नदी है, मीठे पानी की नहीं। मीठे पानी के स्रोत पूरी तरह नष्ट हुए तो रायल बंगाल टाइगर सुन्दरबन से उठकर सीधे कोलकाता चिड़ियाघर में आ गये जहाँ हम उनके वंश को बचाये रखने की जद्दोजहद कर रहे हैं, बाक़ी जानवरों की बात करना बेकार ही है, जिस तरह असम का माजुली द्वीप किताबों में दर्ज हो गया उसी तरह सुन्दरबन भी अपनी अन्तिम साँसें गिन रहा है, लगातार डूबते द्वीपों ने बहुत पहले बता दिया था कि नदी और समुद्र के प्राकृतिक मिलन को रोका नहीं जा सकता।"

अपनी बात ख़त्म कर तपन रुके और साक्षी की ओर देखा लेकिन साक्षी के कुछ कहने से पहले ही मंजुल ने हस्तक्षेप किया–''हम यहाँ पर्यावरणीय पहलू पर चर्चा करने नहीं बैठे हैं। जहाँ हज़ारों इनसान अपनी जान गँवा बैठे हैं वहाँ आपको जानवरों और उन द्वीपों की चिन्ता हो रही है जहाँ आबादी भी न के बराबर है। वैसे भी सुन्दरबन इस बैठक का उद्देश्य नहीं है और ये कलाम जी, जिन्हें आप साथ लाये हैं, फरक्का हादसे के पीड़ित नहीं हैं, इसलिए इन्हें हम कोई मुआवज़ा भी ऑफ़र नहीं कर सकते।''

''यदि हर त्रासदी का उपचार मुआवज़ा है तो मुझे और कुछ नहीं कहना है–तपन बोले।

साफ़ तौर पर तपन उस बैठक में अकेले पड़ गये थे और सरकारी पक्ष के विरोध के कारण उनकी बातों को नोट्स में शामिल नहीं किया गया।

साक्षी भी बिना कोई हस्तक्षेप किये चुपचाप सुन रही थी और अपने नोट्स बना रही थी।

मीटिंग में फरक्का सन्धि के मुख्य प्रशासनिक अधिकारी का बयान महत्त्वपूर्ण था हालाँकि वे पहले ही लिखित में अपना जवाब दे चुके थे। बैठक को समेटते हुए उन्होंने मीटिंग के मिनट्स को एक बार सभी के लिए दोहराया और मेल के लिए भेज दिया। फिर साक्षी की तरफ़ देखकर ज़ोर देकर कहा–"सारी दुनिया जानती है कि गंगा भारत की आत्मा है। गंगा का सारा पानी बांग्लादेश चला जाता था, हमने अपनी ज़रूरतों के

लिए उसे रोका और समझौते का ईमानदारी से पालन करते हुए हमेशा बांग्लादेश को पानी देते रहे हैं।"

"आपको क्या लगता है बांग्लादेश पहले बना या गंगा पहले आयी।" साक्षी पहली बार बोलीं।

इस अजीब से सवाल पर अधिकारी भी अचकचा गया।

साक्षी ने दोबारा कहा—आपने जवाब नहीं दिया, पहले बांग्लादेश बना या पहले गंगा धरती पर आयी।

जी गंगा, मतलब गंगा पहले आयी।

"तो आगे से याद रखिएगा, गंगा का पानी बांग्लादेश चला नहीं जाता है, गंगा बांग्लादेश में बहती है जैसे वह भारत में बहती है।"

आज की मीटिंग के बाद साक्षी काफ़ी थक गयी थी, कल उसे दिल्ली के लिए निकलना था, मीटिंग के बीच ही उसने तपन दास को अपने साथ चलने के लिए राज़ी कर लिया था। फरक्का हादसे में क़रीब अट्ठारह हज़ार लोग काल का ग्रास बन गये थे। इनमें सत्रह हज़ार से भी ज़्यादा लोग बांग्लादेश के थे। बांग्लादेश को जान—माल का भारी नुक़सान हुआ था। उसके हज़ारों हेक्टेयर खेत बर्बाद हो गये थे। कई क़स्बे और शहर उजड़ गये थे।

वह सोच रही थी कि भारत पर आरोप लगाने का कोई सीधा कारण नज़र नहीं आता, डैम को बने सौ साल से भी ज़्यादा हो गये, हादसा हुआ तो भारत जो भी कर सकता था उसने किया, तो फिर वह किस सामाजिक नुक़सान के आकलन को देखना चाहती है या फिर गंगा पर भारत के पक्ष से ज़्यादा उसे अपने व्यक्तिगत उद्देश्य की तड़प है। गंगा, सफ़ाई और उसके पुनरुद्धार को लेकर अन्तरराष्ट्रीय मंचों पर देश की काफ़ी तारीफ़ हुई है, जो नदी भीषण रूप से प्रदूषित थी उसे साफ़ करना और उस पर धार्मिक और आर्थिक गतिविधियों को सफलतापूर्वक चलाना, भारत जैसे गम्भीर देश के बस की ही बात है। फिर भी कहीं ना कहीं लगता है कि सबकुछ वैसा नहीं है जैसा नज़र आता है। आख़िर इतने बड़े हादसे की जाँच के लिए सिर्फ़ उसे और जॉय को ही क्यों भेजा गया, उसे भारत और जॉय को बांग्लादेश। जबकि प्रपोजल एक पूरी टीम को भेजे जाने का था। शायद भारत का दबाव ही था जो खानापूर्ति के लिए दो लोगों को भेज दिया गया।

विचारों के उतार–चढ़ाव के बीच वह नींद के आगोश में समा चुकी थी।

तेज़ उछलती लहरों पर एक नाव किसी तरह ख़ुद को सँभाले हुए थी, चारों माँझियों ने अब तक हिम्मत नहीं खोयी थी। नाव में मौजूद कुल 30 लोगों में बीचोंबीच बैठी एक महिला अपनी दोनों छातियों से चिपकाकर मांस के दो लोथड़े जकड़ी हुई थी, लहरों पर आज नाव का 22वाँ दिन था। रसद पिछले दो तूफ़ानों की भेंट चढ़ चुका था। भूख से व्याकुल लोगों के बीच तनाव फैला हुआ था, नाव में कुछ मछलियाँ ज़रूर थीं लेकिन उन्हें कच्चा नहीं खाया जा सकता था हालाँकि कुछ लोगों ने इस धारणा को तोड़ना शुरू कर दिया था। उल्टी की हीक से माहौल बदबूदार हो गया था। नाव में सवार लोगों ने शायद उस बदबू से सामंजस्य बैठा लिया था या उनकी साँसें कुछ भी महसूस नहीं कर पा रही थीं।

एकाएक माँझी चिल्लाया–"ज़मीन"।

साक्षी के होंठ बुदबुदाये... नानी...अचानक वह चौंक कर उठ गयी। उसके माथे पर पसीने की बूँदें छलक आयी थीं, तकिये के पास पड़ा अलार्म लगातार बज रहा था। साक्षी ने उसे देखा और माथे के पसीने को पोंछ लिया।

बंग भूमि का दर्द

16 जनवरी, 2075

उत्तर–पूर्वी कोलकाता के साल्ट लेक सिटी में मौजूद मुख्यमन्त्री आवास कोई बँगला नहीं है बल्कि मात्र दो कमरों का एक फ्लैट है। रोज़ाना आने वाले मुलाक़ाती नीचे ऑफ़िस में अपनी समस्याओं को लेकर अफ़सरों से उलझते रहते हैं और मुख्यमन्त्री स्टाफ हर पल शिकायती ई–मेल के जवाब देते रहते हैं। कुछ ख़ास लोगों से मुख्यमन्त्री संयुक्ता बनर्जी अपने घर के ड्राइंगरूम में मिलती हैं। सुबह के सवा आठ बजे थे और साक्षी के अलावा एक और महिला मुख्यमन्त्री के घर पर उनका इन्तज़ार कर रही थीं। साक्षी के स्वागत के लिए मंजुल सरकार पहले ही मौजूद थे। कुछ ही देर में मुख्यमन्त्री बनर्जी अपने कमरे से निकलीं और बेहद दोस्ताना अन्दाज़ में दोनों से नाश्ते की टेबल पर चलने का आग्रह किया। मंजुल अभिवादन कर बाहर की ओर चले गये।

साक्षी पहली बार बंगाल की मुख्यमन्त्री से मिल रही थीं, मात्र तीस साल की उम्र में मुख्यमन्त्री बनने वाली संयुक्ता देश की पहली महिला हैं। साक्षी ने संयुक्ता के एलजीबीटी आन्दोलन और आर्सेनिक से लड़ने की उनकी कोशिशों के बारे में पढ़ा–सुना था। संयुक्ता ने बेहद आत्मीयता से साक्षी से गीताश्री राय का परिचय कराया। वे जादवपुर विश्वविद्यालय के दीपांकर चक्रवर्ती आर्सेनिक रिसर्च सेंटर की प्रमुख हैं। साक्षी ने ग़ौर किया गीताश्री ने ठण्ड के लिहाज़ से काफ़ी ज़्यादा कपड़े पहने हुए थे या कहा जाये कि उन्होंने अपने शरीर को ज़रूरत से ज़्यादा ढँका हुआ था। फुल स्लीव की जैकेट, ट्राउजर, सॉक्स, मफ़लर की तरह के एक कपड़े से उन्होंने सिर को भी पूरा लपेटा हुआ था। उनका सिर्फ़ सामने का चेहरा ही नज़र आ रहा था।

मुख्यमन्त्री ने कहा कि हमसे जो बन पड़ा इस त्रासदी के बाद हमने किया, फरक्का के टूटने का सबसे ज़्यादा नुक़सान हमें ही हुआ है क्योंकि सारी कमियों के बावजूद उसकी वजह से कोलकाता को पीने का पानी मिल रहा था, जो आज हमारी गम्भीर समस्या बन गयी है। जो गंगा बंगाल की जीवनरेखा थी वह आज राज्य की सीमा को बस छूती हुई बाँग्लादेश में प्रवेश करती है।

कुछ देर रुककर वे गीताश्री की ओर देखते हुए बोलीं, "हम पीने के पानी की तीन तरफ़ा समस्या का सामना कर रहे हैं, बंगाल की खाड़ी में बढ़ते ज्वार की अधिकता ने हुगली सहित कई छोटी नदियों के पानी को खारा बना दिया है, जो पानी गंगा से मिलता था वह बन्द हो गया और उपलब्ध भूमिगत जल में आर्सेनिक की गम्भीर मात्रा पायी जा रही है। सरकार इस पर काम कर रही है, गीताश्री ने आर्सेनिक को पानी से 60 फ़ीसद तक अलग करने में सफलता पायी है।"

साक्षी गीताश्री की तरफ़ देखकर मुस्करायी।

संयुक्ता ने टोस्ट साक्षी की तरफ़ बढ़ाते हुए कहा, "मन में एक सवाल अक्सर उभरता है, कि क्यों गंगा के अमृत की पौराणिक कहानियों में बंग भूमि का नाम कहीं नहीं आता और आज का सच ये है कि बिहार, झारखण्ड और बंगाल से लेकर पूरे बांग्लादेश तक गंगा किनारे रहने वाले करोड़ों लोग कैंसर जैसे गम्भीर रोगों से पीड़ित हैं। बेशक गंगा के पानी में आर्सेनिक नहीं है लेकिन यह गंगा पथ पर है तो इसका कोई न कोई सम्बन्ध तो गंगा से होगा। आर्सेनिक पीड़ित वे लोग हैं जिन्हें विकास से कभी कोई हिस्सा नहीं मिला।"

फिर एक क्षण रुककर बोलीं, "कभी कभी तो लगता है मानो बंगाल की धरती ही अभिशप्त है।"

इसके बाद गीताश्री ने आर्सेनिक से जुड़े कई सारे तथ्य साक्षी को बताये। साक्षी को ये बातें उद्वेलित कर रही थीं लेकिन वह समझ नहीं पा रही थी कि इन बातों का उसकी रिपोर्ट से क्या सम्बन्ध है। वह यहाँ फरक्का हादसे की जाँच करने आयी है न कि आर्सेनिक की भयावहता आँकने। सम्भवतः उसके मनोभावों को संयुक्ता ने पढ़ लिया। उसने कहा, "फरक्का में जो हुआ वह सारी दुनिया के सामने है, भारत ने इस आपदा के बाद अन्तरराष्ट्रीय नियमों का पालन करते हुए, बचाव और पुनर्वास का काम किया है, गंगा जैसी व्यवस्थित और साफ़–सुथरी नदी,

नेतृत्व की दूरगामी नीतियों का नतीजा है। लेकिन हमारी इस बैठक में आर्सेनिक पर बात करने का उद्देश्य इस पर एक अन्तरराष्ट्रीय क़ानून बनवाने की कोशिश करना है ताकि अन्तरराष्ट्रीय न्यायालय इसे नदी से जुड़ी समस्या माने और मुआवज़े के तौर पर सम्बन्धित देश को मजबूर किया जाये कि नदी पर बनने वाली हर परियोजना में आर्सेनिक पीड़ितों को काम मिले, साथ ही एक स्थायी मौद्रिक मुआवज़े की व्यवस्था हो।" फिर स्वयं बुदबुदाते हुए वह बोलीं, पता नहीं किसका किया कौन भुगत रहा है।

साक्षी ने सहमति में सिर हिलाया और कहा कि मिलकर कोशिश करने से यह ज़रूर हो सकता है। लेकिन ऐसा नहीं लगता कि आप अपने ही देश के ख़िलाफ़ क़ानून बनवाने की बात कर रही हैं... राष्ट्रद्रोह जैसा कुछ–साक्षी के चेहरे पर हल्की–सी मुस्कराहट थी।

"बिल्कुल, यदि एक राष्ट्र के दायरे में सोचा जाये तो शायद मेरा यह कहना ग़लत हो लेकिन मानवता के दायरे में सोच कर देखिए, हमने एलजीबीटी की लड़ाई यह सोच कर नहीं लड़ी थी कि सिर्फ़ बंगाल की तीसरी दुनिया को उसका हक़ मिल जाये।"

"मैं मज़ाक़ कर रही थी।"

"मैं समझती हूँ।" मुख्यमन्त्री ने साक्षी को आश्वस्त किया।

साक्षी जब वापस होटल पहुँची ग्यारह बज चुके थे, चैक आउट करके वह नीचे लॉबी में आ गयी, वहाँ सुब्रतो और तपन उसका इन्तज़ार कर रहे थे। सामान गाड़ी में रखा जा चुका था, गाड़ी में पीछे की सीट पर साक्षी और तपन दास बैठे और आगे की सीट पर ड्राइवर दीपेश के साथ सुब्रतो थे। क़रीब एक घण्टे बाद गाड़ी कोलकाता शहर से बाहर नवद्वीप के रास्ते पर थी।

नवद्वीप में कुछ दशक पहले तक यह विवाद रहता था कि चैतन्य महाप्रभु का जन्मस्थान भागीरथी के दायीं तरफ़ वाले नवद्वीप में है या बांयीं तरफ़ वाले। दोनों ही तरफ़ के मन्दिरों के अपने–अपने दावे। गंगा के रूट बदल लेने से भागीरथी सूख गयी और दोनों नवद्वीप एक हो गये। (गंगा को यहाँ भागीरथी कहा जाता है।) विवाद अब भी है लेकिन पानी की क़मी, मछुआरों का रोज़गार, यात्रियों को पार पहुँचाने वाले केवट, केले की हज़ारों हेक्टेयर खेती बर्बाद होने और ताँत की साड़ी बेचने के लिए

दूरदराज गाँवों से नदी पार कर आने वाले लोगों का संकट महाप्रभु के जन्मस्थान से बड़ा हो गया है।

दीपेश ने इस्कॉन मन्दिर के पास चाय पीने के लिए गाड़ी रोकी तो तपन 'एस्क्यूज़ मी' कहकर ग़ायब हो गये और कुछ देर बाद लौटे तो उनके हाथ में एक पैकेट था।

"आप अन्यथा न लें तो इसे रख लें।"

"लेकिन इसमें है क्या?" साक्षी अचरज में थीं।

"बस यूँ समझिए यह भी एक ख़त्म होती संस्कृति है।"

साक्षी ने पैकेट हाथों में लेकर खोला, उसमें एक सूती साड़ी थी, हैंडलूम की बनी हुई, स्थानीय भाषा में इसे ताँत कहा जाता है। वह कुछ कहती उससे पहले ही तपन अपनी रौ में बहने लगे।

"बस अब ये ताँत संस्कृति भी ख़त्म समझो, एक समय था जब यहाँ गंगा की धारा कई छोटी नदियों से संगम करती थी और इन्हीं धाराओं पर नावों का जमघट लग जाता था, बीच धारा में लगता था बाज़ार, हाथ

से बनी ताँत की साड़ियों का, जिन हाथों से साड़ी आकार लेती थी वही हाथ साड़ी को लहराकर ग्राहक को लुभाते थे, सारा बाज़ार इतना रंगीन हो जाता था मानो गंगा को चुनरी चढ़ा रहा हो।"

बोलते–बोलते वह थोड़ा रुके फिर धीरे–से बोले, "मेरे पिता भी यही काम करते थे, मैं नालायक निकला नहीं सीख सका।" कहते हुए उनके चेहरे पर उदास मुस्कराहट आ गयी। साक्षी भी मुस्करा दीं फिर दोनों बिना कुछ बोले गाड़ी में बैठ गये। साक्षी का ध्यान बार–बार तपन के बोले शब्द गंगा की चुनरी पर जा रहा था, उसने यह पहले भी सुना है, शायद कोई गाना...

दिनवा चढ़इवे मईया नरियल चुनरिया,
रतिया उढ़इवे महाजालिआ...

कुछ–कुछ ऐसा ही। अपने में खोये सभी लोग चुपचाप बैठे थे और गाड़ी बेरहमपुर मुर्शिदाबाद की ओर बढ़ रही थी। साक्षी ने अब तक एक या दो मौक़ों पर ही साड़ी पहनी थी फिर भी उसे इस तोहफ़े का मिलना भा रहा था।

"ये चुनरी चढ़ाना क्या होता है।" उसने तपन की ओर देखते हुए पूछा।

"इस बारे में मैं नौसिखिया हूँ।"

"फिर भी, चुनरी के बारे में थोड़ा–बहुत तो मालूम होगा।"

"क्या कहूँ, एक बहुत बड़े इलाके ख़ासकर बिहार के लिए गंगा, विष्णु और शिव यानी पालक और संहारक दोनों हैं, शायद इसीलिए गंगा से मुराद माँगी जाती है। बंगाल की लोक संस्कृति में भी गंगा के प्रति कृतज्ञता दिखायी जाती है लेकिन धारा पर चुनरी चढ़ाना पूरी तरह से बिहार की क्षेत्रीय परम्परा है, इसके बारे में मैं ज़्यादा नहीं जानता।"

"मैडम, हमारी दादी चुनरी चढ़ाती थीं।" पहली बार ड्राइवर दीपेश की आवाज़ आयी, दीपेश इतना उत्साह में था कि सुब्रतो का चुप रहने का इशारा भी नहीं देख पाया। छरहरी काया के दीपेश की उम्र पचास के क़रीब रही होगी। लम्बे होने के कारण वह और भी दुबला नज़र आता था और कन्धे तक लम्बे बाल उसकी हाइट (लम्बाई) को बढ़ा कर पेश करते थे।

पहली बार साक्षी का ध्यान भी दीपेश पर गया–"अच्छा, तुम बिहार से हो, बताओ तो कैसे चढ़ाई जाती है चुनरी?"

''मैडम, हमारे यहाँ इसे पियरी कहते हैं यानी पीली चुनरी जिसे सफ़ेद धोती में हल्दी लगाकर पीला किया जाता है। गंगा हमारे गाँव से 6 मील दूर है, अब तो गाड़ियों से चले जाते हैं लेकिन दादी के समय लढ़िया यानी बैलगाड़ियों से गाँव के कई लोग जाते थे।''

''बैलगाड़ी!''

''लकड़ी की बनी एक गाड़ी जिसे बैल खींचते हैं लाइक केज।'' तपन ने कहा।

''ओके!''

दीपेश ने कहा, ''मैं छोटा था इसलिए बैलगाड़ी के अन्दर माँ के साथ बैठता था और पिताजी तथा अन्य लोग पैदल चलते थे, जिस तरफ़ कटान ज़्यादा होता था, और वो ज़्यादातर हमारे गाँव की तरफ़ ही होता था, उसी तट पर कड़ाही चढ़ाई जाती थी, कड़ाही चढ़ाना मतलब माई को भोग लगाने के लिए उसी के आँगन में पूड़ी, सब्ज़ी और आटे का हलवा तैयार करना, मेरी माँ देशी घी का हलवा बहुत अच्छा बनाती है, वो जब तक चूल्हे के पास होती मैं वहीं उसके पास बैठा रहता, पर माँ छूने भी नहीं देती, कहती पहले माई को चढ़ेगा फिर मिलेगा। मैं रोता कि घर में तो सबसे पहले मुझे ही देती हो...तुम तो कहती हो कि मैं सबसे छोटा हूँ इसलिए मुझे ही पहले मिलेगा तो क्या गंगा माई मुझसे भी छोटी हैं।''

दीपेश की बात पर सभी मुस्करा दिये। दीपेश भी थोड़ा शरमा दिये। बोले, ''हाँ मैडम, माँ की बहुत याद आती है।''

फिर बोले, ''इसके बाद पियरी के साथ सेहरे के फूल और सरपत तथा मूँज से बटी हुई लम्बी रस्सी के साथ नाव लेकर धारा में उतरते हैं, कुछ लोग रस्सी के एक छोर को पकड़ कर कोने में खड़े रहते हैं, नाव दूसरे किनारे की तरफ़ बढ़ती है ताकि माई का सेहरा पूरा किया जा सके। हालाँकि पियरी का दूसरा छोर कभी भी किनारे नहीं पहुँच पाया, गंगा हमेशा पाट बदलती रहती है मानो विचलित हो, कभी मँझधार में तो कभी किनारे पहुँच कर रस्सी टूट जाती और हम मान लेते कि माई ने पियरी स्वीकार कर ली।''

"लेकिन चुनरी का दूसरा छोर किनारे तक क्यों नहीं पहुँच पाता?"

"पता नहीं मैडम, शायद इसके पीछे हमारे क्षेत्र की ग़रीबी हो, पहले सेठ–साहूकार बड़े–बड़े थान लेकर गंगा को पियरी चढ़ाते थे, अब सब

के बस की बात तो यह है नहीं, शायद इसीलिए अपनी क्षमता से जितनी धोती ले सकते हैं ले लेते हैं और माई को भेंट कर देते। चुनरी की लम्बाई तो बढ़ा नहीं सकते तो गंगा की बदलती चौड़ाई को ही कहानी बना दिया गया होगा।"

"हो सकता है।" साक्षी ने सिर हिलाया, फिर ज़्यादा जानने के उद्देश्य से पूछ बैठी, ''ये किस हिस्से की परम्परा है मतलब बिहार में कहाँ चुनरी चढ़ाई जाती है?'

''यह बताना तो मुश्किल है,'' तपन ने कहा, ''क्योंकि इसी तरह की परम्परा उत्तरी बिहार से आकर गंगा में मिलने वाली गण्डक, सरयू, कोसी अमूमन सभी नदियों में है।''

"लेकिन अब तो कहीं भी चुनरी नहीं चढ़ाई जाती, सब क़िस्से कहानियों की बातें हैं।" दीपेश ने भी तपन की हाँ में हाँ मिलायी।

"मैम कुछ ख़ास बात?" सुब्रतो ने जानना चाहा।

"नहीं कुछ नहीं बस यूँ ही पूछा," साक्षी अब तक सभी से बहुत खुल नहीं पायी थी।

गाड़ी मुर्शिदाबाद पहुँच गयी थी और तबाही के मंज़र साफ़ नज़र आने लगे थे। वास्तव में यह बेरहमपुर था, हमेशा से ही मुर्शिदाबाद का प्रशासनिक अमला बेरहमपुर में बैठता था। धीरे–धीरे बेरहमपुर ही नया शहर या नया मुर्शिदाबाद बन गया। बेरहमपुर में अब तक गंगा नियन्त्रित बहती थी। हुआ यूँ कि जब फरक्का बना तो यहाँ से एक नहर निकाल कर हुगली में जोड़ी जानी थी ताकि जहाज़ों की आवाजाही सुचारु की जा सके, तो जो नहर निकाली गयी वह बेरहमपुर से होकर जाती थी और इसे गंगा ही कहा जाता था, एक नियन्त्रित गंगा।

बेरहमपुर के कलेक्ट्रेट ऑफ़िस में मौजूद डिप्टी कलेक्टर अविनाश दास पूरा ज़ोर देकर साक्षी को समझा रहे थे कि पुराने शहर मुर्शिदाबाद जाना न तो समझदारी है न ही सम्भव।

"मैडम, वहाँ कोई रिहाइश तो बची नहीं, जो भी लोग थे उन्हें हमने शिफ्ट करवा लिया है, दूरदराज कुछ एक गाँव हैं लेकिन वहाँ जाना सम्भव नहीं, पूरी की पूरी ज़मीन ही दलदली हो गयी है।"

साक्षी और तपन एक साथ चौंके–'दलदल।'

अविनाश ने ऐसे जताया मानो उन्होंने कुछ सुना ही नहीं।

"मुर्शिदाबाद की ऐतिहासिक इमारतें अब सिर्फ़ तस्वीरों में हैं, यह घोषणा हम आधिकारिक रूप से कर चुके हैं।"

''लेकिन बाढ़ से ज़मीन कैसे दलदली हो गयी''—साक्षी को कोई कन्फ़्यूजन नहीं था।

''मतलब छह—सात दिन की तेज़ बारिश से हर जगह पानी भर गया और क़रीब पन्द्रह दिन भरा रहा, लेकिन इतने से ज़मीन दलदल नहीं बन सकती।'' तपन ने ज़ोर दिया।

अविनाश दास को इस सवाल की उम्मीद नहीं थी, कुछ पलों की चुप्पी के बाद वे अपने केबिन में टँगे मुर्शिदाबाद ज़िले के नक़्शे की तरफ़

बढ़ते हुए बोले, ''मैं सोचता हूँ इस विषय का आपकी रिपोर्ट से कोई सम्बन्ध नहीं है।

साक्षी ने सहमति में सिर हिलाया।

आज से क़रीब सत्तर–अस्सी साल पहले ये इलाका हुगली, भागीरथी जैसी नदियों, उनकी सहायक धाराओं और कई झीलों से लबालब था। फरक्का के काफ़ी पहले यानी बैराज बनने के कई साल पहले गंगा ने अपनी धारा बदली और बाँग्लादेश की तरफ़ पूरी तरह बहने लगी। इसके बाद हुगली से पटना, बनारस और इलाहाबाद जाने वाले जहाज़ों का रास्ता ही बन्द हो गया। तो फरक्का बैराज बनाने और उससे एक नहर निकालकर हुगली में मिलाने की ज़रूरत महसूस हुई ताकि जहाज़ों का आवागमन सम्भव हो सके, वह हो भी गया और जहाज़ हुगली तक पहले की तरह विचरने लगे।

अविनाश कुछ पल के लिए रुके फिर नक़्शे पर एक जगह मार्कर रखकर रुक गये।

''यह है मेरा गाँव। एक समय था जब लीची के बग़ीचों से पूरा गाँव गुलज़ार रहता था, मेरे पिता के समय तक भी स्थिति कमोबेश ठीक थी लेकिन फिर धीरे–धीरे सब ख़त्म हो गया। जब तक मैं नौकरी में आया, यहाँ की कहानियाँ इतिहास में जगह बना चुकी थीं।''

''यानी आप अपनी ही ज़मीन के मालिक भी हैं और विस्थापित भी।'' तपन ने जोड़ा।

''आप कह सकते हैं मैं विस्थापित अफ़सर हूँ।''

तपन हँसते हुए बोले, ''ठीक कह रहे हैं, मैं भी एक विस्थापित हूँ, अपने ही कल्चर को सँभाल नहीं पाया और दूसरों के हक़ की बात करता हूँ।''

''हाँ, लेकिन आप लोग कम से कम अपनी ज़मीन के क़रीब तो हैं, कुछ लोगों को वक़्त के थपेड़े इतनी दूर फेंकते हैं कि आने वाली पीढ़ियाँ भी अस्तित्व की तलाश करती ख़त्म हो जाती हैं।

अविनाश साक्षी की बात पूरी तरह समझ नहीं पाये, लेकिन सहमति में सिर हिला दिया। बात को वापस मुद्दे पर लाते हुए बोले, ''तो फिर हुआ यूँ कि फरक्का बनाकर एक नहर हुगली से जोड़ दी गयी और विकास ने फिर रफ़्तार पकड़ ली। जहाज़ तो चलने लगे लेकिन बाक़ी सभी नदियाँ छोटी नहरों में तब्दील हो गयीं।''

"कैसे?" साक्षी बुदबुदायी।

"वह ऐसे कि हुगली तक जाने वाली नहर को पानी भी ज़्यादा चाहिए था इसलिए हर जगह के पानी को नियन्त्रित कर जहाज़ चलाने वाली नहर के रूट पर डाला गया। और हर छोटे-मोटे नदी-गरदों की ताक़त जहाज़ को खींचने में लग गयी। पर सबकुछ यहीं नहीं रुका। असली विकास तो मानो आना बाक़ी था। उसके बाद इस इलाके से निकाला गया राष्ट्रीय राजमार्ग नम्बर 34, यही रास्ता जिससे आप आयी हैं और यही हाईवे आगे चलकर गंगा सुपर हाईवे से जुड़ जाता है। इस राष्ट्रीय राजमार्ग के बीच में कई झीलें पड़ती थीं, शीला झील का इलाका तो कई किलोमीटर लम्बा था, राजमार्ग बनाने के लिए सूखी झील को और सुखाया गया उसके बाद बीचोबीच से ज़मीन को उठाया गया ताकि सड़क में कटाव न हो, इसी के बराबर में रेल मार्ग का निर्माण भी ठीक इसी तरह किया गया। इंजीनियरों का अनुमान था कि झील का पानी पहले ही शिफ्ट करके नहर तक पहुँचा दिया गया है इसलिए इस झील की उत्पादकता ज़ीरो है। परिणाम यह हुआ कि पूरे इलाके में झीलों के हिस्से बिखरे नज़र आने लगे, इन हिस्सों पर लोगों ने क़ब्ज़ा कर खेत और बग़ीचे बना लिए, हर साल जब बाढ़ आती तो पानी इन्हीं खेतों और बग़ीचों की तरफ़ भागता। यूँ कहिए कि पानी अपने घर की तलाश कर रहा था। यहाँ से पुराने शहर की दूरी क़रीब 20 मिनट की है, बीच में एक विशालकाय मोती झील थी, जो सैकड़ों सालों से हुगली-भागीरथी को रिचार्ज करती थी लेकिन सरकारों ने उसे छोटा करके पर्यटन केन्द्र बना दिया और बाक़ी बची झील पर इमारतें बन गयीं। अब झील का अपना चरित्र है कि उसके हिस्से का पानी कहीं न कहीं तो जमा होगा। नतीजतन आज प्रशासन भी नहीं जानता कि कहाँ खेत हैं और कहाँ दलदल। एक घूँट पानी पीते हुए उन्होंने कहा, सच तो यह है कि यह तेज़ी से बनता हुआ डेल्टा है जो महज़ कुछ सौ वर्षों में कोलकाता को अपने में समेटते हुए सुन्दरबन का हिस्सा बन जायेगा।"

सवालों-जवाबों की गुंजाइश नहीं रह गयी थी, साक्षी ने मुर्शिदाबाद न जाने की बात मान ली, वह दोबारा राष्ट्रीय राजमार्ग नम्बर 34 तक पहुँचना चाहती थी। फरक्का यहाँ से मात्र दो घण्टे की दूरी पर था। दीपेश की इलेक्ट्रिक टोयोटा तेज़ गति से दौड़ रही थी, साक्षी के चश्मे पर लोड

किया गया सौ साल पुराना मैप बता रहा था कि वे लोग एक झील के ऊपर से गुज़र रहे हैं।

तपन ने कार का एसी बन्द करवा कर काँच खोल लिया, वे दूर तक फैले आम और लीची के बग़ीचों और जल भराव के गड्ढों को देख रहे थे।

"ये सिर्फ़ नहर और गंगा के बदलने की कहानी ही नहीं है, यह परम्पराओं को पीछे छोड़ने का परिणाम भी है।"

साक्षी ने जिज्ञासु नज़रों से तपन की ओर देखा।

देखिए, ''मुर्शिदाबाद हमेशा से तो दलदली था नहीं, एक समय था जब यह इलाका गेहूँ और धान की बम्पर पैदावार के लिए जाना जाता था। 19वीं सदी के मध्य तक यह ज़िला भारत के सबसे समृद्ध ज़िलों में आता था लेकिन आप्लावन नहरों से समाज की बेरुखी ने आज मुर्शिदाबाद को इस हाल में पहुँचा दिया।''

''आप्लावन नहरें..?'' सुब्रतो ने अगली सीट से गर्दन धुमा कर पीछे की ओर देखा। साक्षी ने भी यह नाम पहली बार सुना था।

सुब्रतो बोले, ''तपन जी थोड़ा शॉर्ट में बोलिएगा, आप बात को बेवजह खींचते हैं और बात का अन्त सरकार की नाक़ामी को साबित करता है।''

''आप ख़ुद को सरकार समझना बन्द कर दें तो तकलीफ़ कुछ कम हो जायेगी।'' तपन ने जवाब दिया।

फिर बोले, ''बहुत पहले जब मुर्शिदाबाद को भागीरथी दो भागों में बाँटती थी। मुर्शिदाबाद का पश्चिमी भाग पहले ही मयूराक्षी और द्वारका जैसी पहाड़ी नदियों के उत्पात का शिकार था और भागीरथी में बाढ़ आने पर पूर्वी इलाके की जलांगी, चुरनी, भैरब, इच्छागति और गाथभंगा जैसी नदियों का प्रवाह भी उलट जाता। फरक्का बनने के बाद से प्रवाह का उलटना जल्दी–जल्दी होने लगा। पहले इस उलटे प्रवाह को उथली नहर बनाकर खेतों और तालाबों तक पहुँचाया जाता था, इसी उथली नहर को आप्लावन नहर कहते थे। इन्हीं आप्लावन नहरों के सहारे छोटी नदियाँ, पुराने नाले और तालाब लबालब भर जाते और बाढ़ ख़त्म होने के बाद भी खेतों को पानी देते और मुख्यधारा यानी गंगा को रिचार्ज भी करते। आप्लावन नहरों की ख़ूबी यह थी कि ये गहरी कम, चौड़ी ज़्यादा थीं। इस नाते बाढ़ का ऊपरी पानी ही लेकर चलती थीं। इस ऊपरी पानी में घुली मिट्टी तो होती थी, लेकिन मोटा

रेत नहीं होता था। इसलिए जहाँ यह पानी जाता वहाँ की ज़मीन को बेहतरीन बना देता।''

''वाओ, साउंड्स इंटरेस्टिंग।'' साक्षी बुदबुदायी।

तपन ने आगे कहा, ''यही नहीं ये नहरें पानी और मिट्टी के अलावा ढेरों मछलियाँ भी झील–पोखरों तक पहुँचा देती थीं, वहाँ पहुँचकर मछलियाँ मच्छरों के अण्डों को ख़त्म कर देतीं जिससे मलेरिया का कोई ख़तरा नहीं रहता। इन नहरों का प्रबन्धन स्थानीय स्तर पर ही होता था शायद यही कारण था कि यह व्यवस्था हज़ारों साल तक चलती रही।''

''तो क्या फरक्का की वजह से हज़ारों सालों की परम्परा नष्ट हो गयी?'' सुब्रतो ने सवाल किया। तपन की बातों से प्रभावित होने के बावजूद सुब्रतो के सवाल में तंज़ था, मानो हर बुरी चीज़ की ज़िम्मेदारी फरक्का की ही है।

तपन ने बिना कोई प्रतिक्रिया दिये अपनी बात जारी रखी, ''दुर्भाग्य ही था कि यह इलाका कई युद्धों में शामिल रहा। उसके बाद अंग्रेज़ सरकार की कार्यप्रणाली ने समाज का ध्यान इन नहरों से हटा दिया, आख़िर नहर निर्माण तो सरकार के सहयोग से ही सम्भव था। इसके बाद आयी सरकारों ने भी तुलनात्मक रूप से सुविधाजनक उपायों जैसे बाँध, तटबन्ध और बैराजों पर ध्यान दिया। लिहाज़ा पलटकर आये नदी के पानी को कहीं जगह नहीं मिली तो वह तबाही मचाने लगा। अब इसमें फरक्का का कितना योगदान है इसका सच तो कभी किसी ईमानदार कोशिश से ही निकलेगा।''

गाड़ी फरक्का पहुँच रही थी। तबाही के निशान दिखने शुरू हो गये थे, अकेले और अपराधी से खड़े खाली खँडहर, कुछ दिन पहले तक यहाँ ज़िन्दगी साँस लेती थी। इनसान हो या जानवर सभी का नूर पानी ने छीन लिया था।

समुद्र आकार ले रहा है

20 जनवरी, 2075

ज़मीन देखते ही नाव में अफरातफरी मच गयी, भूख और प्यास से व्याकुल लोगों में एकाएक ताक़त आ गयी, तट क़रीब दो किलोमीटर दूर था फिर भी कुछ लोग पानी में कूदकर थाह लेने लगे। धीरे–धीरे तट पर मौजूद चीज़ें आकार लेने लगीं और उत्साहित चेहरों पर भय हावी हो गया। किनारे पर नाटे क़द के हथियारबन्द लोग खड़े थे। इस डर के बावजूद नाव तेज़ी से ज़मीन की तरफ़ बढ़ रही थी, जब भूख से अंतड़ियाँ कुलबुलाती हैं तो आदमी ज़हर भी पीने को तैयार हो जाता है। किनारे पर खड़े लोगों के चिल्लाने की आवाज़ें नाव तक आने लगीं।

लोगों के चिल्लाने की आवाज़ में पक्षियों का चहचहाना शामिल हो गया और साक्षी ने आँखें खोल दीं। ऐसा बहुत कम होता है कि साक्षी की सुबह उसके माथे पर पसीना न लाये।

आज चौथा दिन था, तीन दिन तक वो निरुद्देश्य–सी भटकती रही, वह कई–कई घण्टे गंगा को देखती रहती, हर कागज, हर गवाह सरकारी दावों की पुष्टि करते नज़र आ रहे थे, एक हादसा जिसमें हज़ारों मौतें हो गयीं उसके लिए क्या सिर्फ़ गंगा ही दोषी थी? या कुछ ऐसा है जिसे वह समझ नहीं पा रही। उसके विचार–क्रम को तोड़ते हुए गेस्ट रूम की घण्टी बजी।

"आ जाइए।"

उसका अन्दाज़ा सही था, वह तपन ही थे।

"तैयार हो जाओ तुम्हें कुछ दिखाना है।"

साक्षी बिना कुछ बोले तैयार होने लगी, अब तक वह तपन के साथ काफ़ी सहज हो चुकी थी।

थोड़ी ही देर में वे लोग जंगीपुर ज़िला एसपी के ऑफ़िस में बैठे हुए थे।

17 जनवरी, 2075 : तीन दिन पहले

दूर तक मटमैला, शान्त और धीरे–धीरे बहता पानी। यूँ कहिए चारों ओर सिर्फ़ पानी। फरक्का भारत का नया समुद्र है। जंगीपुर ज़िले का क़रीब अस्सी फ़ीसद इलाका अब पानी के नीचे है। क़रीब सौ साल पहले निषाद समुदाय के लोगों को उनके पुश्तैनी गाँव से हटाकर डैम के बैकवाटर के पास सुरक्षित जगह प्लासी में बसाया गया। इसी से सटाकर एक कॉलोनी भी बनायी गयी जिसमें डैम स्टाफ के क़रीब चार सौ परिवार रहा करते थे।

गंगा में कटाव बढ़ने से काफ़ी पहले 18वीं सदी में प्लासी विशाल मैदान हुआ करता था। वही प्लासी जिसने भारत में ईस्ट इंडिया कम्पनी के शासन की मज़बूत नींव रख दी। बंगाल के नवाब सिराजुद्दौला ने बंगाल के मुहाने पर मौजूद गंगा के इसी मैदान पर रॉबर्ट क्लाइव से टक्कर ली। इसी युद्ध में नवाब के सेनापति मीर जाफ़र ने विश्वासघात किया और बंगाल की गुलामी तय कर दी। बाद में अंग्रेज़ों ने प्लासी में नील बनाने की कई यूनिट लगायीं जिनके अवशेष आज भी देखे जा सकते हैं। कम्पनी शासन में जल परिवहन तेज़ी से बढ़ा लेकिन गंगा–ब्रह्मपुत्र घाटी में गाद और कटाव का कहर तेज़ हो गया और देखते–ही–देखते प्लासी के मैदान का बड़ा हिस्सा नदी में समा गया, बाक़ी बचे मैदान को ऊँचा स्थान मान कर सुरक्षित घोषित किया गया, जहाँ फरक्का विस्थापितों को जगह दी गयी। आज सुरक्षित मानी जाने वाली यह जगह चारों ओर से पानी से घिरी है और टापू बन चुका प्लासी गाँव भूख और बेबसी से एक बार फिर संघर्ष का मैदान बन चुका है।

लगभग उसी समय, जब साक्षी फरक्का ग़ेस्ट हाउस की छत से इस सागर का अन्दाज़ा ले रही थी, नदी के बीचोबीच टापू की शक्ल में मौजूद प्लासी गाँव में हलचल थी। गाँव में बचे क़रीब सवा सौ लोग किसी का इन्तज़ार कर रहे थे। बच्चे–बूढ़े–औरतें सभी का पेट अन्दर की ओर धँसा हुआ, साफ़ समझ आ रहा है कि कई दिनों से भरपेट भोजन नसीब नहीं हुआ।

उत्तर की तरफ़ मालदा की ओर से एक स्टीमर आता हुआ नज़र आता है। पास आता स्टीमर बड़ा होता जाता है और उसके साथ ही उम्मीदें भी बड़ी होती जा रही हैं।

"ए जॉनी", एक आवाज़ आयी, फिर उसके समर्थन में कई सिर हिले। स्टीमर गाँव के तट पर आ लगा। मछली, चावल से भरी दस डलिया नीचे उतारी गयीं, तट पर भारी हलचल थी। एक डलिया को पकड़ने के लिए दस–दस हाथ आगे आ गये, कोई भी बात करने से पहले लोग पेट भरना चाहते थे।

जॉनी घोष इसी गाँव का रहने वाला है, छह साल पहले वो गाँव छोड़ गया था। छोड़ क्या गया था उसे भागना पड़ा। हुआ यूँ कि ज़हरीली मछली खाने से स्टाफ कॉलोनी के कई लोग गम्भीर बीमार हुए और चार लोगों ने दम तोड़ दिया। ज़हरीली मछली का मामला विधानसभा में भी उठा तो सरकार ने सीबीआई जाँच की सिफ़ारिश कर दी। यूँ तो बिहार–बंगाल के ज़्यादातर क्षेत्रों में ज़हर देकर मछलियों को मारा जाता है लेकिन चार लोगों की मौत स्थानीय बाज़ार की मछली खाने से हुई थी, इसलिए जाँच की डोर प्लासी तक पहुँच गयी। जॉनी और उस जैसे कई नौजवान करंट या ज़हर देकर मछली मारा करते थे, एनटीपीसी के गरम डिस्चार्ज से पहले से ही बीमार मछलियाँ ज़हर के सम्पर्क में आकर घातक हो जातीं, जिनको लगातार खाने वाले बीमार पड़ते और कभी–कभी मर भी जाते। उस दिन भी कुछ ऐसा ही हुआ। जॉनी ने जिस स्थानीय दुकानदार को मछलियाँ सप्लाई की थीं उसने पुलिस के हत्थे चढ़ते ही जॉनी का नाम उगल दिया और जॉनी को फरार होना पड़ा। फिर जैसे कि होता है, कुछ महीनों बाद उसकी छोटी बहन को छोड़कर किसी को भी इस बात की चिन्ता नहीं थी कि जॉनी कहाँ है।

इसके कुछ समय बाद सुन्दरबन में मछुआरों पर टाइगर के हमले की कई ख़बरें आयीं और ज़हरीली मछली वाला मामला मीडिया की रुचि में नहीं रहा, फ़ाइल भी बन्द कर दी गयी लेकिन जॉनी नहीं लौटा।

ज़हरीली मछलियों से मौत और मछुआरों पर शेर का हमला दोनों ही घटनाएँ सीधे तौर पर मछुआरों की बदलती ज़िन्दगी से जुड़ी थीं। एक शताब्दी हो गयी फरक्का बने हुए जिसके बाद इस इलाके में मछली उत्पादन बढ़ाने की तमाम कोशिशें व्यर्थ रहीं, हिलसा अब कुलीन वर्ग के त्योहारों की सजावट है। हिलसा मछली वहीं पैदा होती है जहाँ

खारे और मीठे पानी का मिलन होता है यानी जहाँ नदी समुद्र से मिलती है, दोनों के मिलन की सबसे बड़ी बाधा डैम था जिसके बाद हिलसा का उत्पादन तेज़ी से गिरा। वास्तव में हिलसा गंगा में पायी जाने वाली सबसे ख़ूबसूरत और सबसे स्वादिष्ट मछली थी। उसकी प्रकृति है समुद्र के खारे पानी में रहना लेकिन जब अण्डे देने होते तो वो मीठे पानी यानी नदी की तरफ़ जाती। इसके उलट झींगा मछली मीठे पानी में रहती और अण्डे देने के लिए खारे पानी यानी समुद्र को अपना ठिकाना बना लेती। अब जब से नदी के आख़िरी हिस्से यानी समुद्र में मिलने से ठीक पहले डैम बना तो अण्डे देने के लिए उनके रास्ते बन्द हो गये। नतीजतन हिलसा और झींगा दोनों के उत्पादन में भारी गिरावट आ गयी। अब मोती की तरह ही झींगा की भी खेती ने ज़ोर पकड़ लिया यानी फिशकल्चर की नयी तकनीकों से झींगा का उत्पादन कृत्रिम रूप से होने लगा लेकिन हिलसा जैसी अति संवेदनशील मछली को बचाया नहीं जा सका। हिलसा क्या, गंगा में कोई भी मछली मिलना दूभर हो गया, मजबूरन मछुआरे इलेक्ट्रिक शॉक और ज़हर जैसे उपायों को बड़े पैमाने पर आजमाने लगे। यही हाल डेल्टा क्षेत्र का था, लगातार बढ़ते ज्वार ने खेती की ज़मीन को बर्बाद कर दिया, मछली पकड़ने के नियत स्थान काफ़ी सीमित थे। ज़्यादातर जंगलों और डेल्टा नदियों को सुन्दरबन का कोर एरिया घोषित कर वहाँ मछली पकड़ने पर पाबन्दी लगा दी गयी। मजबूरी में मछुआरे रात को प्रतिबन्धित इलाकों में जाने लगे और टाइगर के आसान शिकार बनने लगे।

ख़ैर, जॉनी नहीं लौटा और ज़िन्दगी फिर अपने लिए रास्ता बनाने लगी, गाँव के लोग पेड़ काटकर बेचने से लेकर हथियारों की सप्लाई तक के अपराध में लिप्त हो गये। जब फरक्का हादसा हुआ तो उसमें जॉनी की बहन और उसका पति दोनों काल का ग्रास बन गये, पीछे बचा उनका छह साल का बेटा, जो इस गाँव में लावारिस था, जहाँ ख़ुद गाँववालों को खाने के लाले पड़े थे। जॉनी के बचपन के दोस्त प्रीतू ने उसके भांजे को अपने पास रखा और जॉनी को ख़बर दी, फिर भांजे की तड़प ने जॉनी को गाँव का रास्ता याद दिला दिया।

"दादा जब यहाँ से भागा था तो सीधा डायमंड हार्बर पहुँचा, वहाँ से एक दोस्त के साथ समुद्र में मछली पकड़ने वाले ट्रॉला में काम मिल गया, उसी ट्रॉला से चेन्नई गया, फिर तीन साल तक वहीं गोदी में मज़दूरी

करता रहा, ट्रॉला में ही काम करता और फिर उसी में सो जाता। उसके बाद रेड्डी सेठ मिला, वही मेरा मालिक, अब मैं उसका ख़ास आदमी हूँ और उसके तीन ट्रॉलों का पूरा काम देखता हूँ।"

अपने भांजे को गोद में लिए हुए जॉनी ने कहा, ''आप लोग भी चाहें तो मेरे साथ चलें, खाना रहना सब मिलेगा।''

पूरा गाँव एक साथ बोला–आमरा चालाबो।

वर्तमान

"हम पिछले एक घण्टे से यहाँ सुपरिंटेंडेंट ऑफ़ पुलिस का इन्तज़ार कर रहे हैं और उनका कुछ पता नहीं, क्या इतने गम्भीर मामले में पुलिस की कोई ड्यूटी नहीं है।" साक्षी अधीर हो रही थी।

"मैम बेशक यह गम्भीर मामला है लेकिन देखा जाये तो इससे हमारा कोई लेना–देना नहीं है, मतलब इसका फरक्का हादसे से तो कोई सम्बन्ध नहीं है।"

"मैं जानती हूँ सुब्रतो और मुझे अपना काम भी पता है, लेकिन वे बाढ़ पीड़ित हैं इसलिए मुझे उनके बारे में जानने की जिज्ञासा है।"

तभी चाय रखने आया सिपाही सावधान की मुद्रा में खड़ा हो गया।

"माफ़ी चाहूँगा, आने में थोड़ी देर हो गयी।" अन्दर आते हुए एसपी बन्दोपाध्याय बोले। उन्हें साक्षी के आने के उद्देश्य की पूरी जानकारी थी इसलिए वे सीधे मुद्दे पर आये।

"देखिए मैडम, आपने डिप्टी कलेक्टर को फ़ोन किया था, अविनाश दास मेरे कॉलेज के साथी हैं। अन्तरराष्ट्रीय प्रोटोकॉल है हम आपको रोक नहीं रहे लेकिन यह सीधे–सीधे अपराध का मामला है।" एसपी बन्द्योपाध्याय ने अपनी बात को शालीनता से लेकिन ज़ोर देकर कहा।

"वे लोग पेशे से मछुआरे हैं, पीढ़ियों से यहाँ रहते आये हैं, उनमें कई तो बांग्लादेशी भी होंगे, ये लोग बाढ़ के शिकार रहे, मुआवज़ा उन्हें मिला नहीं, ऐसे लोग जिनका कहीं कोई रिकॉर्ड ही नहीं है और आप कह रहे हैं यह सिर्फ़ अपराध का मामला है।" इससे पहले तपन कुछ और कहते साक्षी ने उन्हें रोक दिया।

"मैं आपको असहज नहीं करना चाहती लेकिन आप अपनी इस सफलता को समझा तो सकते ही हैं।"

साक्षी की बात से बन्द्योपाध्याय थोड़े नरम हुए और सिपाही को बुलाकर कुछ कहा।

थोड़ी देर बाद जींस–टीशर्ट पहने एक दुबला–पतला नौजवान अन्दर आया। एक सिपाही ने उसे बाँह से पकड़ा हुआ था। एक कोने में खड़ा करके सिपाही ने उसकी बाँह छोड़ दी। यह नौजवान प्लासी गाँव का जॉनी ही था।

कमरे में बन्द्योपाध्याय, तपन, सुब्रतो, साक्षी, जॉनी और एक सिपाही के अलावा कोई नहीं था। बात पुलिस सुपरिटेंडेंट बन्द्योपाध्याय ने ही शुरू की।

''कुछ जहाज़ मालिक बेहद ताक़तवर हैं। उनका काम बांग्लादेश–भारत की समुद्री सीमा पर नौसेना की नाक के तले होता है। यह थोड़ा–सा अजीब है लेकिन जब आप इस नेक्सस को जानने लगते हैं तो अजीब नहीं लगता...दरअसल कुछ ट्रॉला मालिक जो फिशिंग करते हैं वे दवाई कम्पनियों के भी मालिक हैं। अफ़ग़ानिस्तान से आने वाला ड्रग्स ग्वादर बन्दरगाह से होते हुए समुद्र के रास्ते से ही सभी जगह पहुँचाया जाता है और दवा कम्पनियाँ अपने लाइसेंस के माध्यम से इस तस्करी को आसान बनाती हैं लेकिन यह मामला इससे आगे की कड़ी है...बन्द्योपाध्याय ने रुककर एक नज़र जॉनी पर डाली फिर साक्षी की तरफ़ मुख़ातिब हुए।

''इन कम्पनियों के कारिन्दे पूरे देश में फैले रहते हैं विशेष तौर पर वहाँ ज़रूर पाये जाते हैं जहाँ कोई बड़ी प्राकृतिक आपदा आयी हो। इन जगहों पर जितना स्थानीय प्रतिनिधि हों उतना ही अच्छा'', जॉनी की तरफ़ इशारा करते हुए वे बोले, ''फरक्का हादसे के बाद इसने अपने गाँव में सम्पर्क करने की कोशिश की, गाँव पहुँचकर इसने पहले गाँववालों को खाना खिलाया फिर भोजन का लालच देकर अपने मालिक के लिए काम करने को तैयार कर लिया। सभी से एक फॉर्म पर साइन कराये गये क्योंकि कुछ लोग पढ़े–लिखे थे इसलिए गाँववालों को बताया गया आप लोगों पर मेडिसिन टेस्ट किये जायेंगे और उन्हें अस्पताल में ही रहना होगा। साइन इसलिए कराये गये कि कोई क़ानूनी बाध्यता ना हो। प्राकृतिक हादसों के शिकार मजबूर लोग ऐसे कामों के लिए तैयार हो जाते हैं, लेकिन यही काम उनकी तयशुदा मौत बन जाता है। जब यह लोग जॉनी के साथ डायमंड हार्बर जा रहे थे तभी मुखबिर ने प्लासी गाँव खाली होने की सूचना दी, सारे गाँव के एक–साथ मूवमेंट ने पुलिस को

सतर्क कर दिया और कोई हादसा होने से पहले सभी लोग पुलिस की सुरक्षा में थे।''

''हादसा?''

''बिल्कुल, ये लोग दवा कम्पनियों की आड़ में मानव अंगों की तस्करी करते हैं और जॉनी जैसे लोग इस नेक्सेस की एक छोटी कड़ी हैं। इसके पीछे और भी बड़े लोग हैं।''

''हे भगवान, ग़रीब हर जगह से मारा जाता है'', सुब्रतो बोले।

''फिर आगे क्या हुआ?'' साक्षी और ज़्यादा जानना चाहती थी।

''जॉनी की निशानदेही पर जिन जगहों पर तमिल पुलिस ने और नौसेना ने छापा मारा वहाँ बड़ी मात्रा में शीशियों में बन्द मानव अंग मिले हैं। यदि ये लोग अपने मकसद में सफल हो जाते तो इन लोगों का कभी कोई पता नहीं चलता, किसी के पास फुर्सत भी नहीं है, लापता लोगों की सूची सिर्फ़ एक डाटा है जिसे हम एक डिवीजन से दूसरे डिवीजन, एक राज्य से दूसरे राज्य और एक देश से दूसरे देश के बीच शेयर करते रहते हैं।''

साक्षी जॉनी से बात करना चाहती थी लेकिन उसने इरादा बदल लिया।

फिर बन्द्योपाध्याय की तारीफ़ करने के इरादे से कहा, "आपकी टीम यदि अलर्ट नहीं होती तो इस आदमी ने अपने ही गाँववालों की मौत का सौदा कर दिया होता।"

एसपी साहब के चेहरे पर मुस्कान आ गयी, "बाढ़ अपने साथ क्या–क्या लाती है हम सोच भी नहीं सकते।"

तपन चलने की भूमिका में आ गये। वे जानते थे क़ानूनी रूप से यह सब साबित कर पाना बेहद मुश्किल होगा।

वे लोग एसपी साहब के कमरे से बाहर आये ही थे कि तीन–चार लोग तेज़ी से कमरे की ओर आते दिखे। उनमें से एक तो साक्षी से तक़रीबन रगड़ता हुआ अन्दर गया। एक क्षण को साक्षी की नज़र उस पर गयी और वह शख़्स उसे पहचाना–सा लगा। तपन और सुब्रतो भी रुक गये। कुछ सोचकर साक्षी दोबारा कमरे के अन्दर गयी। अन्दर का नज़ारा असहज करने वाला था। एसपी बन्द्योपाध्याय अपनी कुर्सी पर बैठे थे और सामने बैठा शख़्स बँगला में तेज़–तेज़ बोल रहा था। उसके तीन साथी खड़े हुए थे।

"अब आपने एक शब्द और कहा तो मैं आपको बन्द कर दूँगा और

जब तक आपके बापों का फ़ोन आयेगा या मेरा ट्रांसफर ऑर्डर आयेगा, आप किसी लायक नहीं रहेंगे।"

बन्द्योपाध्याय के इतना कहते ही कमरे में सन्नाटा छा गया। उनकी नज़रें साक्षी से मिलीं, उन्होंने बैठने का इशारा किया। अब सामने बैठे शख़्स ने अपेक्षाकृत धीरे–से कहा–

"मैं कहता हूँ पुलिस का काम क्या है, जब किसी ने एफआईआर ही नहीं करायी तो आपने किस आधार पर इतनी बड़ी कार्यवाही की।"

एसपी साहब ने उसकी बातों पर ध्यान नहीं दिया और साक्षी की ओर सवालिया निगाहों से देखने लगे।

"कुछ ख़ास नहीं, ये लोग बहुत गुस्से में अन्दर की ओर आये तो जिज्ञासा जगी, और इन सज्जन को कहीं देखा भी है, ऐसा लगा।"

साक्षी की आवाज़ सुनते ही कुर्सी पर बैठे व्यक्ति ने पलटकर देखा। एक ही पल में उसके चेहरे पर हवाइयाँ उड़ गयीं। वह उठा और बाहर की ओर जाने लगा।

पीछे से बन्द्योपाध्याय ने कहा, "क़ानून को अपना काम करने के लिए किसी एफआईआर की ज़रूरत नहीं है रूपांकर जी, एक बात और याद रखिए, जिस दिन आपके ख़िलाफ़ सबूत मिल गया, किसी एफआईआर का इन्तज़ार नहीं करूँगा।"

एसपी साहब के मुँह से रूपांकर जी सुनते ही साक्षी को सब याद आ गया।

"लेकिन आप इन्हें कैसे जानती हैं?"

"कोलकाता मीटिंग में यह एक अहम किरदार थे।"

"जी, मैं समझा नहीं।"

"नहीं कोई ख़ास बात नहीं, लेकिन यह यहाँ किस कार्यवाही की बात कर रहे थे।"

"मैं कह रहा था न कि जॉनी जैसे लोग बेहद छोटी कड़ी हैं इस नेक्सेस की। मानव तस्करी में इन जैसे बड़े लोग शामिल हैं, पूरा गाँव ग़ायब होने में आर्थिक सहयोग इन्हीं का था, लेकिन मेरे पास कोई सबूत नहीं है।"

"ओह, यानी ये अपनी खिसियाहट निकालने आये थे।" तपन ने जोड़ा।

"जी, और यही कारण है कि ये लोग राजनीति और राष्ट्र सुरक्षा

की आड़ में उन लोगों के भारत आने का विरोध कर रहे हैं जो बाढ़ का शिकार होकर सीमा पार चले गये थे।" फिर समझाने की अदा में साक्षी की तरफ़ देखते हुए बोले, "हादसे के शिकार मालदा और कालियाचक के आसपास के हज़ारों ग़रीब बंगाली मुसलमान हैं, कई लोग बह कर बांग्लादेश चले गये, हज़ारों मारे गये और इन्हीं के बीच में कितने मानव तस्करी का शिकार हो गये, कोई नहीं जानता।"

"ओह, तो इसलिए कालियाचक के मुआवज़े और पीड़ितों की गिनती को लेकर राजनीति हो रही थी।" साक्षी ने सुब्रतो की तरफ़ देखते हुए कहा।

सुब्रतो और साक्षी के बीच सम्बन्ध कुछ दोस्ताना हो गये थे। हालाँकि सुब्रतो पूरी ईमानदारी से अपना सरकारी पक्ष पकड़े हुए थे। वे चाहते थे साक्षी यहाँ से जल्दी दिल्ली की तरफ़ बढ़े, लेकिन वे सीधे बोलकर उसे नाराज़ भी नहीं करना चाहते थे। हालाँकि तपन को नाराज़ करने से उन्हें कोई परहेज़ नहीं था। वे अब भी तपन को इस टीम में बाहरी व्यक्ति ही मानते थे और इस समय तपन की बातें उन्हें क़तई नहीं भा रही थीं।

"न्यू घोडाईपारा, धुलियान, मागीटोला, नीमशहर जैसे पचासों गाँव इस समुद्र का हिस्सा बन चुके हैं। इन गाँवों का नाम इसलिए बता रहा हूँ क्योंकि फरक्का निर्माण के समय विस्थापितों को इन्हीं गाँवों में बसाया गया था।" तपन ने साक्षी के हाथों में लिस्ट देते हुए कहा।

"जॉनी के गाँववाले तो किस्मत से बच गये लेकिन ऐसे कितने लोग होंगे जो पुलिस की फ़ाइलों में एक सूचना मात्र के रूप में दर्ज हैं।"

"हाँ, लेकिन सौ साल पहले का अनुमान अब ग़लत साबित हो रहा है तो इसमें ग़लती किसकी है, उस समय यह इलाके सुरक्षित थे इसलिए उन्हें यहाँ बसाया गया। गंगा में कटान की वजह से लाखों लोग विस्थापित होते रहे हैं और यह हमेशा से होता रहा है, हादसे से कई दशक पहले से।" सुब्रतो सुबह से कई बार यही लाइन दोहरा चुके हैं।

"यह कटान का नहीं सरासर लापरवाही का मामला है जिसमें अपने ही लोगों को मरने के लिए छोड़ दिया गया।" तपन ने साक्षी की ओर मुख़ातिब होकर कहा।

सुब्रतो भी साक्षी से ही बात कर रहे थे–"क्या प्राकृतिक आपदा तारीख़ बताकर आती है, कई बार यह अनुमान नहीं लगाया जा सकता

कि आपदा कितनी बड़ी है। गंगा में नेपाल और तिब्बत के पहाड़ों की कई नदियों का पानी मिलता है उसका प्रवाह ज़बर्दस्त उतार–चढ़ाव के लिए जाना जाता है, इसमें गाद की मात्रा भी घटती–बढ़ती रहती है, बंगाल निचला इलाका है इसलिए ये गाद यहाँ जमा हो जाती है, ज़मीन सपाट होने के कारण धाराएँ अपना रास्ता बदल लेती हैं और इस काम में यहाँ की मिट्टी की बनावट बड़ी मदद करती है, क्योंकि इस मिट्टी को काटना आसान होता है। अब इसमें सरकार क्या कर लेगी।''

तपन का पारा बढ़ गया और अब तक जो बात साक्षी के माध्यम से हो रही थी वह सीधे–सीधे होने लगी।

"आप नदी के परम्परागत व्यवहार की बात कर रहे हैं और मैं कह रहा हूँ कि नदी के व्यवहार पर नियन्त्रण रखने के लिए ही डैम बना, पानी के उतार–चढ़ाव पर नज़र रखने का बजट करोड़ों का है, जब हम बांग्लादेश को बता सकते हैं कि अगले सप्ताह कितना पानी दे सकेंगे तो इन ग़रीबों को क्यों नहीं बता सकते कि तुम्हारी ऐसी–तैसी होने वाली है, भागो।" तपन की आवाज़ थोड़ी तेज़ हो गयी।

बात बढ़ती देख साक्षी चाय के लिए घण्टी बजाकर मुस्करायी, "गरम चाय दिमाग़ को ठण्डा कर देती है।"

तपन और सुब्रतो की बहस ने साक्षी को फरक्का के औचित्य पर सोचने पर मज़बूर कर दिया, वह जानती थी कि वह हादसे के कारण और नुक़सान का जायज़ा लेने आयी है न कि यह जानने कि फरक्का बनना सही था या नहीं। पर चाहते न चाहते वह फरक्का के इतिहास में ज़्यादा रुचि ले रही थी। उसने इंटरनेट चालू किया और फरक्का की मौजूदा सूचनाओं को खँगालने लगी। पढ़ते–देखते उसकी नज़र एक लेख पर पड़ी जिसमें दावा किया गया था कि तीस साल पहले फरक्का डैम तबाह होने वाला था लेकिन चीफ़ इंजीनियर की दूरदर्शिता से बच गया। साक्षी ने तुरन्त डिटेल निकाली, तत्कालीन चीफ़ इंजीनियर दुर्गा बसु अब जंगीपुर में ही रहती हैं।

महान नदी जब टूटती है

21 जनवरी, 2075

दुर्गा बसु अब बेहद बुजुर्ग हो चुकी हैं। क़रीब 85 साल की उम्र है, चलने–फिरने में थोड़ी तकलीफ़ है इसलिए घर से बाहर कम ही निकलती हैं। अपने कार्यकाल में उन्होने गंगा की एक अन्य धारा छोट्टो भागीरथी के बन्द मुहाने को समय रहते खोल दिया था जिससे बड़ा हादसा टल गया। इस काम के लिए उनकी राष्ट्रीय स्तर पर तारीफ़ हुई थी। बसु ने समय रहते अनुमान लगा लिया था कि छोट्टो भागीरथी का मुहाना (इसलिए बन्द किया गया था ताकि बैराज का पानी लीक न हो) नहीं खुला तो बैराज का दाहिनी तरफ़ कटाव बेहद तेज़ हो जायेगा और बाढ़ से फीडर कैनाल और एनटीपीसी को भारी नुक़सान होगा। हालाँकि हादसा टल जाने के बाद छोट्टो भागीरथी के मुहाने को फिर बन्द कर दिया गया। केन्द्र ने उसे खुला रखने की उनकी सिफ़ारिश मानने से इनकार कर दिया क्योंकि उससे दोनों देशों के बीच सन्धि को लागू करने में दिक्कत आ रही थी, सारा पानी साइड से निकलकर बांग्लादेश की तरफ़ जा रहा था, जिससे गर्मियों में कोलकाता जाने वाली नहर के लिए पानी कम पड़ जाता और जहाज़ों का आवागमन नहीं हो पाता।

बंगाल सरकार हमेशा से ही बसु का उनके कामों के लिए सम्मान करती रही, रिटायरमेंट के बाद सरकार ने जंगीपुर शहर में उन्हें ज़मीन दी जहाँ वे परिवार के साथ रहती हैं।

"मुझे समझ नहीं आया कि हादसे पर क्या कहूँ, अब तो रिटायर हुए भी 25 साल हो रहे हैं,'' बसु ने हाथ के इशारे से साक्षी को चाय लेने के लिए कहा, फिर सुब्रतो की ओर देखते हुए बोलीं, ''इन सरकारी बाबू ने तो सबकुछ बताया ही होगा।''

"सुबह अपॉइंटमेंट के लिए आपका ही फ़ोन आया था न?"

"जी।"

"आपसे एक बात जाननी थी।"

"जी–सुब्रतो कम–से–कम बोलना चाहते थे।"

"हादसे में कई लोग बहकर दूर निकल गये, उनमें कई ज़िन्दा बच गये, क्या ऐसे लोगों की कोई सूची या अनुमान है कि कितने और कौन लोग जीवित हैं।"

"जी, मैम इस बारे में कोई ऑफ़िशियल सूचना नहीं है, अब तक सरकार ने सीमा पार किसी के भी जीवित होने की बात पर कोई निर्देश जारी नहीं किया।"

सुब्रतो की बात पर उन्होंने कुछ नहीं कहा सिर्फ़ हल्की–सी गरदन हिलायी और अपनी बहू शिल्पा की तरफ़ देखा, जो गोद में बेटी को लिए एक फ़ीकी मुस्कान के साथ उन्हीं की ओर देख रही थी, वह डाइनिंग टेबल के पास खड़ी सब कुछ सुन रही थी। अब साक्षी की नज़र भी शिल्पा की ओर गयी। दोनों ने एक–दूसरे को होंठ बुदबुदाते हुए हैलो कहा। साक्षी को

कुछ आशंका हुई वह पूछना चाहती थी लेकिन कुछ सोच कर चुप रही।

"उम्मीदों की टूटती–जुड़ती डोर को थामे जीना किसे कहते हैं अब समझ आ रहा है।"

माहौल को हल्का करने के लिए उसने कहा, "आपको दीदी कहूँ," सुनते ही बसु के चेहरे पर बच्चों–सी मुस्कान आ गयी। उन्होंने शिल्पा को सभी का खाना तैयार करने को कहा और साक्षी को आदेश दिया कि खाना खाकर ही जाना है। फिर उन्होंने रुक–रुककर बोलना शुरू किया–

"मेरी पहली पोस्टिंग फरक्का तो नहीं थी, मैं दिल्ली में केन्द्रीय जल आयोग में प्रशिक्षु हुआ करती थी, ऐसा याद आता है फरक्का को लेकर विभाग के लोग ही असमंजस में थे। कहीं न कहीं यह धारणा बन गयी थी कि फरक्का अपने उद्देश्य में उतना सफल नहीं रहा जितना दावा किया जाता है। बैराज निर्माण के दो दशक बाद ही उसके दुष्परिणाम सामने आने लगे थे। बैराज गेट ऐसे डिजाइन किये गये थे ताकि गाद जमा न होने पाये लेकिन ये सही नहीं था, गाद आयी और लगातार आती ही गयी, जब गाद बेहद ज़्यादा हो गयी तो नदी की गहराई कम हुई और बाढ़ का पानी किनारों की तरफ़ भागने लगा जिससे कटान बढ़ी, यहाँ तक कि ख़ुद गंगा कई धाराओं में बँट गयी। बैराज के बाद बांग्लादेश की सीमा पर मुर्शिदाबाद ज़िले में गंगा ख़ुद को दो भागों में विभाजित कर लेती है, एक धारा दक्षिण की तरफ़ बंगाल में बहती थी जिसे भागीरथी–हुगली धारा कहते हैं जबकि दूसरी धारा पद्मा के नाम से बांग्लादेश में बहती है। ये विभाजन तो चार सौ साल पहले भी था लेकिन तब भागीरथी–हुगली मुख्यधारा हुआ करती थी जो गंगासागर तक जाती थी, धीरे–धीरे यह मुख्यधारा सूख गयी और सारा पानी पद्मा में बहने लगा।

"तब कोलकाता शहर को पानी देने, भागीरथी–हुगली के रास्ते में सिंचाई और कोलकाता पोर्ट को बचाने के लिए बैराज का प्रस्ताव आया। सबसे पहले यह बैराज राजमहल में, यहीं क़रीब 25 किलोमीटर पर बनना प्रस्तावित था लेकिन इसका भारी विरोध हुआ। वहाँ के लोगों में यह अन्देशा फैल गया कि राजमहल को बंगाल में शामिल कर लिया जायेगा, बस फिर क्या था नारा चल निकला, 'आधी रोटी खायेंगे, बंगाल नहीं जायेंगे'। यह वह समय था जब राजमहल की आवाज़ केन्द्र तक सुनी जाती थी। परिणाम यह हुआ कि राजमहल में बैराज निर्माण निरस्त हो गया।

"आइडिया यह था कि बैराज में पानी को रोककर एक विशाल नहर निकाली जाये और उसे भागीरथी–हुगली में जोड़कर इस सूखती धारा को पुनर्जीवित किया जाये।"

वहाँ मौजूद हर शख़्स बैराज के इतिहास से वाक़िफ़ था लेकिन वे बसु को टोकना नहीं चाहते थे। बसु काफ़ी धीरे बोल रही थीं इसलिए उनकी बातों को समझने के लिए ध्यान लगाना पड़ रहा था।

"हालाँकि बंगाल में भी इस बैराज का विरोध हुआ लेकिन सबसे ज़्यादा आन्दोलन बांग्लादेश में हुए, स्वाभाविक भी था इससे उन्हीं का सीधा–सीधा नुक़सान था। बहरहाल बाँध बना और देश के पहले पर्यावरणीय शरणार्थियों का जन्म हुआ, जो सीधे तौर पर नज़र आ रहे थे उन्हें विस्थापित मान कर बसाया गया। लेकिन बाद के दशकों में जो लोग कटाव का शिकार होकर अपने खेतों और घरों से बिछड़ गये उनका कोई हिसाब ही नहीं।"

"यह तो हर दौर का दर्द है दीदी, जाने कितने गिरमिटिया बनकर गये और कभी वापस नहीं लौट सके, गंगा की धारा पर सपने सजाते लोग समुद्र के हवाले हो गये। वे लोग बर्मा, मलेशिया, थाईलैंड से लेकर ऑस्ट्रेलिया और फिजी तक चले गये।" यूँ लगा मानो साक्षी कहीं दूर से कुछ कह रही हैं।

बसु ने भी हाँ में हाँ मिलायी–"अपनी माटी से छूटा कहीं भी खिल नहीं पाता, सफल भले हो जाये।"

"बैराज बनने के बाद नदी बदली तो उसके साथ समाज और संस्कृति भी बदल गयी।" बसु ने बात आगे बढ़ायी–"एक तरफ़ ज़मीन कट कर नदी का हिस्सा बन जाती तो दूसरे किनारे पर ज़मीन निकल आती, जो दो राज्यों के बीच टकराव का बड़ा कारण थी। लगातार बाढ़, कटाव और कभी न ख़त्म होने वाले जलजमाव ने इस इलाके में एक सामाजिक और पर्यावरणीय देनदारी को जन्म दिया, जिसका भुगतान तट पर बसे गाँवों ने दशकों तक किया है और आज भी कर रहे हैं।

"अब हुआ यूँ कि बैराज के नीचे की ओर बांग्लादेश सीमा के निकट तीन सूखी नदियाँ थीं, पागला, छोट्टो भागीरथी और कालिन्दी। ये तीनों किसी समय में गंगा की सहायक नदियाँ होती थीं। फिर जब बैराज के कारण भारी मात्रा में गाद जमा होने लगी तो इस अनचाही गाद के चलते कई छोटे–मोटे द्वीप बन गये और गंगा ख़ुद कई धाराओं में टूटकर तटों

की तरफ़ भागने लगी और इन्हीं धाराओं में से एक धारा ने बैराज के बगल से मालदा की तरफ़ से वैकल्पिक रास्ता अख़्तियार कर लिया और धीरे–धीरे सारा पानी इसी धारा के मार्फ़त आगे बढ़ने लगा।

''कहते हैं न कि पानी तो अपना रास्ता ढूँढ़ ही लेता है इस धारा ने थोड़ा आगे बढ़कर पागला नदी के सूखे रास्ते पर बहना शुरू कर दिया और बांग्लादेश की राह पकड़ ली। नीति नियन्ताओं के मुँह पर ये एक तमाचा था क्योंकि सारा बैराज ही बेमानी हो गया, आनन–फानन में फिर गलत निर्णय लिए गये और तीनों सूखी धाराओं के मुहानों को बन्द कर दिया गया। पानी एक बार फिर बैराज में क़ैद होने लगा। जब मैं यहाँ चीफ़ इंजीनियर बनकर आयी तो पानी को रोकने के लिए हरसम्भव प्रयास किये जा चुके थे। फिर कई बार गंगा ने अपना रौद्र रूप दिखाया, हमने समय रहते छोट्टो भागीरथी का मुहाना न तोड़ा होता तो फीडर कैनाल टूट जाती और स्टाफ कॉलोनी सहित बड़ा इलाका जलमग्न हो जाता।''

बसु कुछ देर रुकीं फिर बोलीं, ''इसके बाद एक घटना और ऐसी घटी जो गंगा की तड़प को बयाँ करती है।''

''वह क्या दीदी?''

''सीमा के पास मुर्शिदाबाद ज़िले में जहाँ गंगा दो धाराओं में बँटती है, वहाँ से आगे बढ़कर पद्मा एक बार फिर अपनी बिछड़ी धारा हुगली–भागीरथी के क़रीब आने लगी और एक समय ऐसा आया जब पद्मा ने उसे अपने में समेट लिया। एक बार फिर बैराज के होने न होने का मतलब ही नहीं रहा, क्योंकि बैराज तो बनाया ही गया था हुगली–भागीरथी धारा को पुनर्जीवित कर कोलकाता पहुँचाने के लिए।''

''यानी जो नहर हमने कोलकाता जाने के लिए बनायी थी वह ही पद्मा में मिल गयी बांग्लादेश जाने के लिए'', तपन ने कहा।

''जी, पद्मा से मिलने के कारण फीडर कैनाल का पानी दक्षिण की ओर कोलकाता जाने के बजाय पूर्व की ओर पद्मा में जाने लगा।''

''फिर?''

''फिर क्या, दोनों धाराओं को अलग करने के लिए कैनाल को और ऊँचा उठाया गया, बड़ी मुश्किल से गंगा की दोनों धाराओं को अलग किया गया। गंगा को गंगा से अलग करने में ही इंजीनियरिंग की सफलता थी।'' बसु के पोपले चेहरे पर व्यंग्य साफ़ नज़र आ रहा था।

"माँ खाबर लगे गच्छे" बसु की बहू उनके क़रीब आकर धीरे–से बोली।

''चलिए खाना खाते हैं, शिल्पा पोस्ता की सब्ज़ी अच्छी बनाती है।''

''पोस्ता की सब्ज़ी, इंटरेस्टिंग, साक्षी मुस्करायी।'' डाइनिंग टेबल उम्दा बंगाली खाने से भरा था। सच में शिल्पा ने कम समय में काफ़ी चीज़ें तैयार कर दी थीं। मांछ, भाजा, पत्तियों वाला साग, सुख्तो, चोचोरी और सन्देश जो पहले ही फ्रिज में रखा था।

''तो दीदी आपके कहने का मतलब है कि गंगा ने पहले भी कई बार इशारा किया कि उसे बाँधना न सम्भव है न सही।'' साक्षी ने बैंगन भाजा को साइड करते हुए पूछा, शायद तेल ज़्यादा होने के कारण उसे भाजा पसन्द नहीं आया।

बसु का ध्यान साक्षी की तरफ़ ही था, उन्होंने अपनी बात जारी रखी। ''हाँ... तक़रीबन हमेशा ही तकनीकी विभाग ने पानी को रास्ता देने की हिमायत की थी लेकिन सरकार ने नहीं मानी। हादसे से ठीक पहले भी चीफ़ इंजीनियर ने सभी गेट खोलने को कहा था। यदि उनकी सलाह मान ली जाती तो सम्भवतः तबाही इतनी बड़ी न होती।''

साक्षी के मन में सवाल आया कि बसु को कैसे पता कि हादसे के ठीक पहले चीफ़ इंजीनियर ने सरकार से क्या कहा था। यह सरकारी गोपनीय विषय होना चाहिए। लेकिन बसु अपनी ही रौ में थीं इसलिए उसने टोका नहीं–

"यही नहीं जब इतना होने के बावजूद ढुलाई सम्भव नहीं हो सकी तो सरकार ने इलाहाबाद से कोलकाता के बीच ग्यारह नये डैम बनाये। ये डैम पूरी तरह से वेनिस शहर की नक़ल थे। आप आगे जायेंगी तो देखेंगी इन डैम के ऊपर से गाड़ियाँ जाती हैं और जब जहाज़ को निकलना होता है तो डैम गेट की तरह ऊपर उठ जाता है। इसके पीछे सोच यह थी कि गंगा के पानी को ग्यारह जगह रोका जाये ताकि बड़े ट्रॉलों के लिए पर्याप्त पानी रहे लेकिन यहाँ भी शीर्ष पर बैठे लोगों ने गाद को अनदेखा कर दिया।"

''लेकिन मैडम, आज हल्दिया–इलाहाबाद जलमार्ग सफल है और हम गंगा में बड़े–बड़े जहाज़ इलाहाबाद–कानपुर तक और यमुना के द्वारा आगरा तक पहुँचा रहे हैं।'' सुब्रतो ने हस्तक्षेप किया, ''बेशक गाद की समस्या है लेकिन उसे लगातार हटाया जाता है और यही गाद फूलों की खेती को हरा–भरा कर रही है। क्या यह बड़ी बात नहीं कि हमारे व्यापार का बड़ा हिस्सा जलमार्गों से आ रहा है।''

बसु ने गर्दन हिलायी लेकिन कुछ बोली नहीं।

''आपको आराम करना चाहिए'' तपन ने वहाँ से जाने की भूमिका बनाते हुए कहा तो बसु ने साक्षी की तरफ़ देखते हुए सहमति दे दी, ''जब भी यहाँ आओ मेरे पास ज़रूर आना।''

साक्षी खिलखिलाई–"ज़रूर दीदी, ज़रूर आऊँगी।"

साक्षी ने शिल्पा की बेटी की ओर देखकर टाटा किया, वह बच्ची भी अब तक मेहमानों से सहज हो चुकी थी।

"आपने तो अपना नाम बताया ही नहीं।"

"पहले आप पूछो, व्हाट इज़ योर नेम।"

"ओके.., व्हाट इज़ योर नेम बेटा?"

"माइ नेम इज़ मीसा एंड आय एम एट सेकेंड स्टैंडर्ड इन मदर मैरी स्कूल एंड ... एंड माय मैम नेम इज़ मिस जेकलीन मैम।"

मीसा की बात पर सभी मुस्करा दिये।

"ओके और मीसा बड़े होकर क्या बनेगी?"

"इंजीनियर, अपने पापा की तरह।"

शिल्पा ने उसे डपटते हुए अन्दर जाने को कहा। साक्षी को न चाहते हुए भी हस्तक्षेप करना पड़ा। टेलीविज़न के पास रखी फ़ोटो को देख उसने पूछ ही लिया।

वह फ़ोटो अभिजीत बसु की थी, जो दुर्गा बसु के बेटे थे। उनकी माँ उनकी हीरो थी और वे हमेशा से अपनी माँ की तरह ही बनना चाहते थे। मेहनत कर वे फरक्का में उसी पद पर पहुँचे जहाँ कभी उनकी माँ काम किया करती थीं।

"एक महीने से ज़्यादा हो गया लेकिन हम तय नहीं कर पाते कि अभि की फ़ोटो पर माला चढ़ायें या नहीं, कभी मैं माला चढ़ाती हूँ तो शिल्पा उतार देती है और कभी शिल्पा फूल चढ़ाती है तो मुझसे नहीं देखा जाता।"

साक्षी की आँखें नम हो गयीं और शान्त बैठे तपन सोच रहे थे कि फरक्का हादसे के शिकार सैकड़ों घरों में कमोबेश यही स्थिति है।

मछली ज़बर्दस्ती की रानी है

22 जनवरी, 2075

गंगा सुपर हाईवे बीस लेन का हाईवे है, इससे राजमहल से कानपुर तक की एक हज़ार किलोमीटर की दूरी को छह से सात घण्टे में पूरा किया जा सकता है। इसे गंगा के दक्षिणी तट के साथ–साथ बनाया गया है। इसी सड़क के साथ–साथ औसतन हर सत्तर–अस्सी किलोमीटर पर गंगा पर एक डैम बनाया गया है जिनकी कुल संख्या ग्यारह है। यह डैम उत्तरी तट को दक्षिणी तट से जोड़ने का काम करते हैं। एक तरह से हाईवे और बाँधों ने मिलकर लाखों की आबादी को बेहतरीन आवागमन सुविधा उपलब्ध करायी है। मालदा के आम, राजमहल की खदानों से निकला चाइना क्ले और पत्थर, धनबाद का कोयला सबकुछ पानी के रास्ते देश के अलग–अलग स्थानों पर पहुँच रहा है। कानपुर में बनने वाला चमड़े का सामान अब गंगा की लहरों पर सवार हो कर हल्दिया, ढाका और वहाँ से हर जगह पहुँच रहा है।

महज़ बीस मिनट में गाड़ी झारखण्ड की सीमा में प्रवेश कर गयी। पूरी सड़क को कवर करता हरे रंग का बोर्ड जिस पर सफ़ेद रेडियम से लिखा था, 'राजमहल में आपका स्वागत है।'

साक्षी का राजमहल में रुकने का इरादा नहीं था, फिर भी वह इस ऐतिहासिक शहर पर एक नज़र डालना चाहती थी, अंग्रेज़ों के समय राजमहल, बिहार और बंगाल प्रेसीडेंसी की राजधानी हुआ करता था। ईस्ट इंडिया कम्पनी राजमहल से ही नील की खेती को नियन्त्रित किया करती थी और यहाँ की बेशक़ीमती खदानें कम्पनी सरकार को अच्छा–ख़ासा राजस्व उपलब्ध कराती थीं।

गंगा के उत्तरी किनारों पर मौजूद खदानें गहरी खाई की तरह नज़र

आ रही थीं, बड़े–बड़े डम्पर खदान से ऊपर–नीचे उतरते चींटियों की मनिंद नज़र आ रहे थे। इन खदानों को पानी भरने से बचाने के लिए तटबन्धों को बनाया गया था और दक्षिणी हिस्से के हाईवे को काफ़ी ऊपर बनाया गया था ताकि कटाव न हो सके। कुल मिलाकर गंगा यहाँ बेहद नियन्त्रित होकर बह रही थी।

कुछ आगे बढ़ते ही रीठा मछली प्रजनन एवं विपणन केन्द्र नज़र आता है, सुब्रतो ने ड्राइवर को गाड़ी रोकने का इशारा किया। यह पहली बार था जब उसने साक्षी से पूछे बिना गाड़ी रुकवा दी। बिना किसी भूमिका के सुब्रतो ने कहना शुरू किया, ''मैम, इस जगह पर रीठा मछली पूरे देश में सबसे ज़्यादा पायी जाती है और यहाँ से दक्षिण के राज्यों में भी सप्लाई होती है, ये बड़े ट्रॉले मुख्यतः रीठा की सप्लाई ही कर रहे हैं,'' एक मध्यम आकार के जहाज़ की ओर इशारा करते हुए उसने कहा, ''हम पर आरोप लगाया जाता है कि फरक्का बनने के बाद मछली उत्पादन बेहद कम हो गया, अब देखिए, फरक्का यहाँ से मात्र पच्चीस किलोमीटर है।''

बाहर से देखने पर ही उस बाज़ार की विशालता का अन्दाज़ा लग रहा था, रीठा मछली की अच्छी–ख़ासी खेप जहाज़ पर चढ़ाई जा रही थी। स्थानीय व्यापारियों का भी मेला लगा हुआ था। साक्षी, तपन, सुब्रतो और दीपेश चारों एक कोने में खड़े इस फलती–फूलती अर्थव्यवस्था को देख रहे थे। सुब्रतो यह दिखाने में कामयाब हुए थे कि सरकार ठान ले तो तस्वीर बदल सकती है।

"नमस्कार मैडम।"

साक्षी ने देखा, उसे सामने खड़ा शख़्स जाना–पहचाना लगा, लेकिन वह तुरन्त याद नहीं कर पायी, फिर भी चेहरे पर मुस्कराहट लाते हुए बोली, ''हैलो।''

इस असमंजस को तपन ने भाँप लिया, "अरे श्रीराज जी कैसे हैं, कोलकाता मीटिंग के बाद यूँ आपसे अचानक मुलाक़ात की उम्मीद नहीं थी।"

तपन की इस अदा पर साक्षी मुस्कराये बिना न रह सकी।

"मेरा कार्यक्षेत्र यही है, मालदा, राजमहल और यहाँ से आगे साहिबगंज तक विस्थापितों की एक बड़ी आबादी है।" श्रीराज ने कहा, ''एक शताब्दी पहले बांग्लादेश से आये शरणार्थियों को यहाँ जगह दी गयी थी, पीढ़ियाँ बीत गयीं पर हम आज भी शरणार्थी ही हैं।''

साक्षी ने शरणार्थियों की तकलीफ़ों को काफ़ी क़रीब से देखा था, श्रीराज की दुबली–पतली काया और गम्भीर चेहरा बता रहा था वह दुख और तकलीफ़ों के लम्बे अनुभव से गुज़रा है।

''मैंने सुना है इस इलाके में खजूर की ताड़ी अच्छी मिलती है, पिलायेंगे नहीं।'' साक्षी ने यह कहकर श्रीराज को अपनी बात कहने का मौक़ा दिया।

''जी ज़रूर, पर आप ताड़ी पियेंगी।''

''क्यों नहीं, अरे भाई ताड़ी दोपहर के बाद झूमने पर मजबूर करती है। इस समय की ताज़ा ताड़ी तो एक हेल्दी ड्रिंक होती है।''

''एकदम सही बात मैडम जी'', दीपेश ने उत्साह दिखाया।

श्रीराज का चेहरा भी खिल उठा, "यहाँ से पाँच किलोमीटर आगे मेरा गाँव है, वहीं चलते हैं... बैराज उठने वाला है, उससे पहले इसे पार करना होगा, हमको गंगा के उत्तर में चलना है।"

दीपेश ने गाड़ी के पीछे सामान को एडजस्ट कर श्रीराज के बैठने की जगह बना दी।

बैराज उठने का सायरन बजा उससे पहले ही गाड़ी चेकिंग पॉइंट को पार कर गयी। इस सफ़र में वे लोग पहली बार गंगा को पार कर रहे थे। बैराज के एक ओर रुकी हुई गंगा थी जो आगे बढ़ने के लिए बैराज की दीवारों पर ऊँचे–ऊँचे थपेड़े मार रही थी। कुछ ही देर में वे लोग नदी के उत्तरी किनारे पर थे। गाड़ी बैराज से उतरकर बायें मुड़ी तो बैराज दो हिस्सों में पुराने ज़माने के रेलवे फाटक की तरह उठता नज़र आया।

''इस इलाके में तो फिशिंग से अच्छी कमाई हो जाती होगी, जबकि आम धारणा ये है कि फरक्का के होने से मछलियाँ ख़त्म हो गयीं।'' तपन ने श्रीराज को कुरेदा।

तपन की बात पर श्रीराज मुस्करा दिये और सुब्रतो गर्दन मोड़ कर उनकी प्रतिक्रिया का इन्तज़ार करने लगे।

''सर ये तो ग़रीबों का भोजन है जिसे यहाँ से लादकर नॉर्थ–ईस्ट और बंगाल के सी टाउन बाज़ारों में खपाया जायेगा। दरअसल, रीठा मछली पहाड़ी इलाकों में ही रहती है और गंगा के मैदान में राजमहल ही एकमात्र पहाड़ी इलाका है इसलिए यही इसका क्षेत्र है। रीठा के साथ यहाँ बघार मछली की भी अधिकता है जिसे आम हिन्दुस्तानी परिवार अपनी थाली में पसन्द नहीं करता, क्योंकि ये शवों को खाती हैं। फरक्का बनने

से पहले गंगा बेल्ट में हिलसा और झींगा की बहार थी, जो सबसे ज़्यादा महँगी और पसन्द की जाने वाली मछली है।''

थोड़ा रुककर श्रीराज ने साक्षी की तरफ़ देखा फिर किसी विशेषज्ञ की भाँति बोले, ''फरक्का बनने से हिलसा का उत्पादन क़रीब–क़रीब ख़त्म ही हो गया। अब सरकार ने रीठा विपणन केन्द्र को ही अपना मुखौटा बना लिया है जहाँ भी गंगा में मछलियों के ख़ात्मे की बात होती है सरकार यहाँ की तस्वीर पेश कर देती है।''

इससे पहले श्रीराज कुछ और कहते सुब्रतो ने बात पलट दी और बाढ़ से बचाव में इन ग्यारह बैराजों की चर्चा करने लगे। उनका दावा था कि यदि ये बैराज पानी को नहीं रोकते तो तबाही कई गुना ज़्यादा हो सकती थी। साक्षी ने सुब्रतो की बात पर सहमति जतायी लेकिन श्रीराज ज़बर्दस्ती की मुस्कराहट चेहरे पर लाने के बाद बाहर की ओर देखने लगे।

"बस, आगे से राइट लेकर रोक लीजिए।"

श्रीराज का घर सादा–सा था, आँगन से सटे पोखर में ऑक्सीजन जनरेट मशीन चल रही थी, (छोटी–सी प्लास्टिक की बनी नाव जैसी मशीन जिसमें लगे पहिए पानी में हलचल करते हैं जिससे ऑक्सीजन पैदा होती है) बंगाल–झारखण्ड के घरों में पोखर आज भी उसी तरह पाये जाते हैं जैसे आँगन में तुलसी का पौधा। इन्हीं पोखरों की बदौलत लोगों को मछली मिल पाती है।

साक्षी ने पोखर की तरफ़ देखते हुए कहा, ''गंगा किनारे पोखर की मछली...!''

तपन ने कहा, ''गंगा किनारे पोखर तो हमेशा से ही परम्परा का हिस्सा रहे हैं लेकिन अब गाँव पूरी तरह पोखर पर ही निर्भर हो गये हैं और शहर बाज़ार पर। और बाज़ार की ज़रूरत आन्ध्र प्रदेश पूरी कर देता है।''

श्रीराज का दस साल का बेटा आँगन में बैठा एक मछली की ड्रॉइंग बना रहा था, मेहमानों को देखते ही नमस्ते की मुद्रा में खड़ा हो गया। साक्षी ने हौले से उसके सिर पर चपत लगायी। थोड़े ठहराव के बाद बच्चा मुस्कराया और पिता के पास जाकर खड़ा हो गया। श्रीराज ने उसे ताज़ी ताड़ी लाने भेज दिया। उनकी पत्नी तापसी आवभगत कर रही थी और साक्षी के आने के कारण को भी समझ रही थी। श्रीराज की पत्नी तापसी सामाजिक कार्यों में पति का पूरा हाथ बँटाती हैं। साक्षी ने फैले काग़ज़ों को देखा, एक ड्रॉइंग को उठाया और ध्यान से देखने लगी।

"यह कौन–सी मछली है?"

"ईता सूंस, आगे गोंगा इ ताक्तु।" तापसी ने जवाब दिया। वह हिन्दी समझती तो है लेकिन बोल नहीं पाती।

साक्षी मुस्करायी और तपन की ओर देखा।

"यह गंगा डॉल्फिन है, स्थानीय भाषा में इसे सूंस कहा जाता था।"

"गंगा डॉल्फिन!"

तपन ने साफ़ किया, "जी गंगा डॉल्फिन, क्योंकि यह गंगा बेसिन में ही पायी जाती थी। इसे खाया नहीं जाता लेकिन विडम्बना देखिए आज यह डॉल्फिन सिर्फ़ बच्चों की ड्रॉइंग बुक और साइंस की किताबों में ही नज़र आती है। हैवी टॉक्सिक वाला यह जीव गंगा की भोजन श्रृंखला में शीर्ष पर माना जाता था यानी यह उन मछलियों को खाती थी जिन्हें इनसान नहीं खाता। अब तो गंगा की फूड चेन ही ग़ायब हो गयी।"

"लेकिन कैसे"?

श्रीराज ने कहा, "सूंस बहुत ही भोला प्राणी, माछी जैसा होता था लेकिन माछी नहीं था।"

तपन बोले, "गंगा डॉल्फिन बेहद संवेदनशील मानी जाती थी। इतनी कि नाव या पतवार आदि के टकरा जाने भर से इसकी मौत हो जाती। काफ़ी पहले के आँकड़े बताते हैं कि गंगा में सूंस की मात्रा लाखों में थी लेकिन 2020 के आसपास यह घटकर क़रीब तीन हज़ार रह गयी और पिछले बीस सालों से यह शून्य है।"

श्रीराज का बेटा ताड़ी ले आया था। उसके हाथों से बोतल लेते हुए, श्रीराज बात को घुमाकर फिर बैराज पर ले आये–"सूंस की संख्या शून्य होने के पीछे भी इन्हीं ग्यारह बैराजों की भूमिका है। इनके निर्माण के समय बड़ी मात्रा में मलबा नदी में डाला गया और बैराज बनने के बाद से डॉल्फिन का मूवमेंट बिल्कुल रुक गया। बस फिर क्या था गंगा सफ़ाई का सबसे बड़ा सेनापति कंक्रीट की सेना से नहीं लड़ पाया। विडम्बना देखिए पहले निर्माण का मलबा गंगा में डाला फिर उसके बाद लगातार चलने वाली ड्रेजिंग से उस मलबे को और गाद को हटाया गया। अब इस उथल–पुथल में एक निरीह जीव कब तक साँस ले सकता था।"

"ऐसा नहीं है, गाज़ डॉल्फिन कई साल पहले ही संकटप्राय सूची में आ चुकी थी, सरकार ने डॉल्फिन संरक्षण के लिए सेंचुरी, रिसर्च सेंटर भी बनाये ताकि उनका संरक्षण हो सके।" सुब्रतो ने टोका।

"इसीलिए आज डॉल्फिन सिर्फ़ रिसर्च सेंटर का विषय रह गयी है।" तपन की इस बात पर सुब्रतो थोड़ा चिढ़ गये।

"पर्यावरणवादियों का वश चले तो डायनासोर के विलुप्त होने का दोष भी सरकार पर मढ़ दें।"

"अफ़सोस तो इसी बात का है कि हम समझते हुए भी नासमझ बने रहते हैं, नदी की फूड चेन नष्ट होने का ख़मियाजा सिर्फ़ नदी नहीं भुगतती, पूरी सभ्यता भुगतती है।"

तापसी ताड़ी गिलास में डाल लायी, काँच के गिलास में ताड़ी दूध की मानिंद लग रही थी, तपन ने आगे बढ़कर एक गिलास ले लिया।

"एक्स्ट्रा गिलास... आजगे मोन्होए तुमीओ नेबे," (आज तुम भी पिओगी) श्रीराज तापसी की आँखों में झाँकते हुए बोले।

तापसी मेहमानों के बीच अचानक इस सवाल पर झेंप गयी फिर सँभल कर बोली–

"तुमईयों ना... ईता दादा र जोन्नो, आजगे आच्चे दादा।" (तुम भी ना... ये दादा के लिए है वे भी आने वाले हैं।)

"रिपन दा, हमारे बड़े भाई की तरह हैं," श्रीराज ने मेहमानों की तरफ़ देखते हुए कहा।

"उन जैसे लोगों की वजह से भटियाली शैली का लोकसंगीत आज भी जीवित है, पर उनका असली परिचय एक वैज्ञानिक के रूप में है और एडवांस्ड फिश रिसर्च में उनके कई पेपर प्रकाशित हो चुके है। गाँव उनसे छूटता नहीं, ज़रूरत होती है तो सरकार खुद चलकर उनके पास आ जाती है। अक्सर शाम को हम लोग ताड़ी के साथ बैठते हैं और वे भटियाली शैली में ओ रे माँझी की तान देते हैं... बस शाम बन जाती है।"

बाहर से बेटे की आवाज़ आयी, "दादा आईसे गेच्चे।"

झक सफ़ेद कुरता पहने रिपन दा अन्दर आये और आते ही ठहाका लगाकर बोले, "आप जैसे लोग आते हैं तो कुरता पहनने का मौक़ा मिल जाता है नहीं तो ज़िन्दगी लुंगी और बनियान में ही कट रही है।"

उनके इस देशज अन्दाज़ पर सभी मुस्करा दिये।

"जो कुछ भी मैं आप लोगों को डॉल्फिन के बारे में बता रहा था, वह सब रिपन दा का सिखाया हुआ है।"

"लेकिन तुम तो बोले थे कि यह लोग फरक्का और बाढ़ की जाँच कर रहा है।"

"वही कर रहे हैं दादा, पर गंगा की बात बिना उसकी मछलियों के कैसे पूरी हो, इसलिए डॉल्फिन बीच में आ गयी।"

"हम मशीनों से नदी को साफ़ कर रहे हैं, गोया गाद ही नदी की सबसे बड़ी दुश्मन है, गंगा की पूरी इकोलॉजी को ख़त्म कर दिया गया और कुछ लोगों को यह सिर्फ़ एक मछली के ख़त्म होने की कहानी लग रही है।" तपन ने रिपन दा की तरफ़ देखते हुए कहा, लेकिन साफ़ तौर पर उनका निशाना सुब्रतो ही थे।

"बेशक हिलसा और झींगा के उत्पादन में कमी आयी लेकिन सिर्फ़ बैराज बना देने से मछलियाँ ख़त्म नहीं होतीं, उसके दूसरे भी कारण होते हैं।" सुब्रतो ने अपनी बात के समर्थन के लिए रिपन दा की तरफ़ देखा और वे न चाहते हुए भी इस बहस में शामिल हो गये।

"बेशक दूसरे कारण भी होते हैं, लेकिन उसके मूल में बैराज या उसके जैसा ही कोई मानवीय विकास छुपा होता है।"

रिपन दा ने सुब्रतो के उत्साह पर छींटे डाल दिये।

''आप लोग फरक्का हादसे की जाँच कर रहे हैं इसलिए उसी का उदाहरण देकर समझाता हूँ।''

उन्होंने ताड़ी का गिलास उठा लिया, उन्हें पता था तापसी ने गिलास उन्हीं के लिए रखा है।

"जब फरक्का बना तो गंगा में मछलियाँ कम हो गयीं, हिलसा और झींगा क्यों कम हो गयीं यह तो जगज़ाहिर है लेकिन इनके कम होने से दूसरी प्रजातियों पर दबाव आ गया और रुके हुए पानी में अन्धाधुन्ध मछलियाँ पकड़ी जाने लगीं, यहाँ तक कि परम्पराओं को ताक में रखकर ब्रीडिंग सीजन में भी मछलियाँ पकड़ी जाने लगीं, जिससे उनकी उत्पादकता पर असर पड़ा। हालात यह हो गये कि मीठे पानी की मछलियाँ बेहद कम हो गयी और बाज़ार में महँगी बिकने लगीं।"

"असली समस्या इसके बाद शुरू हुई।" रिपन दा ने चखने की प्लेट से मछली का टुकड़ा उठाया और मुँह में डालते हुए बोले, ''आपको क्या लगता है इसका स्वाद कैसा होगा?''

पहले से चिढ़े हुए सुब्रतो उनकी इस हरकत पर सब्र खो बैठे–''खाया आपने है तो स्वाद भी आप ही बताइए।''

''अरे तो आप भी उठाइए, किसने रोका है।''

श्रीराज ने प्लेट सुब्रतो की तरफ़ बढ़ा दी।

रिपन दा मुस्कराये, ''माफ़ी चाहता हूँ, लेकिन मैं बताना चाहता था कि माँगूर की तरह स्वाद वाली यह मछली माँगूर नहीं है। हालाँकि इसे माँगूर मानकर ही परोसा और खाया जाता है, जैसे कि आप खा रहे हैं।

''मतलब, यह माँगूर नहीं है तो क्या है!'' साक्षी के मन में शंका उठी कहीं वह बघार मछली तो नहीं खा रही।

साक्षी के मन में उठ रहे इन सवालों से अप्रभावित रिपन दा ने अपनी कहानी आगे बढ़ायी।

"हुआ यूँ कि सरकारी बाबुओं ने इस समस्या के समाधान के लिए उन विदेशी मछलियों को लाना शुरू किया जिनकी उत्पादकता ज़्यादा थी।"

चियर्स की औपचारिकता निभाये बिना उन्होंने ताड़ी का आधा गिलास एक साँस में ख़त्म कर दिया, फिर एक पल रुककर बोले, ''सुनने में अच्छा लगता है लेकिन अफ्रीकन कैट फिश जो दिखने में बिल्कुल भारतीय माँगूर की तरह लगती है। एक सीजन में चार लाख अण्डे देती है और माँगूर मात्र पन्द्रह हज़ार। इसके अलावा मॉस्क्यूटोफिश, ब्राउन ट्राउट और रेनबो ट्राउट जैसी कई मछलियों को बड़े पैमाने पर भारत लाया गया। लेकिन यह सभी मछलियाँ शिकारी प्रजाति की हैं और स्थानीय मछलियों और उनके अण्डों को खा जाती हैं। कुल मिलाकर हमने अपनी मछलियों को जड़ से मिटाने का इन्तज़ाम कर लिया, क्योंकि अफ्रीकन कैट फिश बेहद आक्रामक होती है और तेज़ी से ख़ुद को बड़ा करती है। आज हालात यह हैं कि भारत की दो हज़ार से ज़्यादा मछलियों की प्रजाति पूरी तरह ख़त्म हो चुकी है।"

''लेकिन इतनी बड़ी ग़लती सरकार से कैसे हो गयी और फिर इसे सँभालने के लिए कुछ क्यों नहीं किया गया।''–यूँ लगा मानो साक्षी का सवाल ही सुब्रतो ने पूछ लिया।

"अब कैसे हो गयी का तो कोई जवाब नहीं है, वैसे भी सरकारी नीतियों पर जबावदेही हम कभी तय ही नहीं कर पाये लेकिन जब तक सरकार ने यह माना कि हालात बदतर हो रहे हैं तब तक बाज़ार अफ्रीकन कैट से लबालब हो गये थे। आनन–फानन में इसे प्रतिबन्धित किया गया लेकिन अब तक तो लोगों के मुँह में मुनाफ़े का स्वाद लग चुका था और बड़े पैमाने पर तालाबों में फिश फार्मिंग होने लगी।"

पर्यावरण के प्रति संवेदनशील होते हुए भी श्रीराज का ध्यान अपने

क्षेत्र की कटान समस्या पर ही था, वे जानते थे कि साक्षी यहाँ थोड़ी देर के लिए ही हैं, इसलिए वे बात को फिर बैराज पर ले आये।

"बैराज से ठीक पहले नारायणपुर में तापसी का गाँव है या यूँ कहिए था," श्रीराज ने साक्षी की तरफ़ ताड़ी का गिलास बढ़ाते हुए कहा।

ताड़ी का स्वाद हल्का खट्टा–हल्का मीठा जैसा कुछ था।

"गंगा में कटान तो हमेशा से ही था जब हमें यहाँ बसाया गया तो गंगा थोड़ी दूरी पर थी लेकिन थी यह गंगा की ही ज़मीन। एक समय ऐसा आया जब गंगा ने अपनी ज़मीन वापस ले ली। लेकिन फरक्का बनने के बाद कटान में तेज़ी आयी और जल परिवहन के लिए बने नये बैराजों के बाद कटान कई गुना बढ़ गया। अब तक कई गाँवों का सिर्फ़ नाम रह गया है और लाखों लोग विस्थापित होकर रोटी की तलाश में दर–दर भटक रहे हैं। लोग सोचते हैं बैराजों से बाढ़ रुकती है पर सोचिए बैराज ने पानी को रोक लिया तो पानी दायें–बायें भागा और हमारे खेतों को लील गया। जिस अत्याधुनिक हाईवे पर आप चल रही हैं उसकी ऊँचाई की वजह से पानी दूसरी दिशा में जाने लगा, दूसरी दिशा में भी जहाँ खदानें हैं वहाँ पानी को घुसने से रोकने के लिए ऊँचे–ऊँचे तटबन्ध बना दिये लेकिन पानी कहीं तो जायेगा...।"

"गोंगा सुधु आमादेर घोर देख्ते पेलो," तापसी ने श्रीराज की बात पूरी की और उसकी आँखें भर आयीं। (गंगा को हमारे घर ही नज़र आये।)

"सेटेलाइट इमेज से साफ़ नज़र आता है कि गंगा ने पूरी ज़मीन को दलदली बनाना शुरू कर दिया है लेकिन सरकार को सिर्फ़ अपने हिस्से के पानी से मतलब है" श्रीराज ने दूर बैराज की ओर देखते हुए कहा।

बैराज किसी रेलवे फाटक की तरह धीरे–धीरे नीचे आता नज़र आ रहा था।

"लेकिन बैराजों के बीच में जो गाद जमा होती है उसका कुछ तो इन्तज़ाम होता होगा, नहीं तो जहाज़ कैसे चल पायेंगे।' साक्षी ने जिज्ञासा ज़ाहिर की।

"जी मैडम जी, डिसिल्टिग कॉरपोरेशन ऑफ़ इंडिया लगातार गाद हटाता है, हर बीस किलोमीटर पर ठेका कम्पनी का ऑफ़िस है, जो उस इलाके के गाद के लिए ज़िम्मेदार है।

"नदी को नियन्त्रित और संचालित करने के लिए सरकारी इच्छा शक्ति चाहिए, तभी इतना सम्भव हो पाता है। और जो लोग गाद हटाते

हैं वे ही फिशिंग करते और करवाते हैं, इसलिए तो रिपन दा जो बता रहे हैं उसके बावजूद लोगों को मछलियाँ खाने को मिल रही हैं।" सुब्रतो सरकारी पक्ष रखने का कोई मौक़ा नहीं छोड़ते।

''पता नहीं सुब्रतो साहब, हमें तो लगता है जाने कौन–सा श्राप भोग रहे हैं।''

बात एक बार फिर मछलियों के उत्पादन पर आ गयी। रिपन दा ने अपनी नयी रिपोर्ट का खुलासा किया–"आज खाने की वही मछली सुरक्षित है जो आप अपने पोखर में अपनी देख–रेख में साधारण घरेलू खाना खिलाते हुए पालते हैं यानी भारत में पायी जाने वाली मछलियों का मात्र दो फ़ीसद या उससे भी कम।"

"मतलब...दादा, रीठा के बारे में तो श्रीराज ने बताया लेकिन एक भी मछली खाने लायक नहीं है यह कैसे? नदी की समस्या अलग बात है लेकिन नदी है तो सही, साथ ही उसमें पानी भी है तो मछलियाँ खाने लायक कैसे नहीं।"–तपन एक साँस में ही सब पूछ गये।

रिपन दा बोले, "सिर्फ़ भारत ही नहीं, पूरे दक्षिण एशिया की नदियों और उसके समुद्रों में मौजूद मछलियाँ खाने लायक नहीं हैं।" फिर सुब्रतो की ओर देखा, "बेशक इसका कारण फरक्का नहीं है, लेकिन हम ज़रूर हैं, आप तो जानते ही हैं कि प्लास्टिक की उम्र ब्रह्मा से भी ज़्यादा है उसे पूरी तरह नष्ट करने की तकनीक बेहद महँगी है और सरकारें प्लास्टिक को ख़त्म करने में पूरी रुचि नहीं लेतीं, पिछले कई दशकों से यह प्लास्टिक सीवेज, कचरे, बोतलों के ढक्कन और डिब्बों के जलप्रवाह और पराबैंगनी किरणों के टूटने व कॉस्मेटिक्स और तो और टूथपेस्ट में भारी मात्रा में इस्तेमाल होने वाले इस्तेमाल माइक्रोबीड्स के कारण आते हैं। ये ख़तरनाक रसायनों को अवशोषित करते हैं और पक्षी और मछलियाँ जब इन्हें खा लेते हैं तो यह उनके शरीर में चला जाता है।"

"लेकिन हमारे यहाँ तो सरकारें स्वच्छता पर ध्यान देती हैं और नदी किनारे शहरों में तो प्लास्टिक पर रोक है, आज से नहीं कई दशकों से।" सुब्रतो ने टोका

रिपन दा मुस्कराये, "जब मैं छोटा था हमारे स्कूल में स्वच्छता मिशन चलाया गया, हमें बताया गया यह मिशन पूरे देश में एक साथ चलाया जा रहा है और हर जगह से कचरे को उठाकर डस्टबिन में डालना है, सभी बच्चों ने बड़े उत्साह से स्वच्छता मिशन में भाग लिया और कई सालों

तक लगातार देश ख़ुद को साफ़ करने की ऐसी ही कवायद करता रहा।"

तापसी की तरफ़ खाली गिलास दिखाते हुए उन्होंने इशारा किया।

"बहुत बाद में समझ में आया कि, जो कचरा हम डस्टबिन में डाल कर देश को साफ़ कर रहे हैं वह अन्तिम रूप से जा कहाँ रहा है, इस पर तो बात ही नहीं हो रही। और तो और भारत से प्रेरणा लेकर पाकिस्तान, श्रीलंका, नेपाल, म्यांमार, थाइलैंड, इंडोनेशिया और क़रीब–क़रीब सभी दक्षिण एशियाई देशों ने अपने यहाँ ऐसे ही अभियान चलाये। प्लास्टिक, माइक्रोप्लास्टिक, केमिकल आदि जो नष्ट नहीं होते, उनका अकूत भण्डार इन देशों में था, तो सोचिए काल का वह ख़ज़ाना गया कहाँ?''

फिर किसी प्रतिक्रिया का इन्तज़ार किये बिना वे बोले, "वास्तव में यह कचरा अन्तिम रूप से नदियों के हवाले हो गया और उनके द्वारा समुद्र के।"

रिपन दा की बात सुनकर सभी मौन थे, कुछ समझ नहीं आ रहा था कि क्या कहा जाये, घर के बाहर पोखर में ऑक्सीजन जनरेट मशीन के चलने की हल्की–हल्की आवाज़ आ रही थी।

तपन ने चुप्पी तोड़ी–"शायद इसीलिए आज हालत यह है कि मछलियों के शरीर में माइक्रोप्लास्टिक अनिवार्य रूप से पाया जा रहा है।"

''लेकिन मछलियाँ तो बड़ी संख्या में अण्डे देती हैं यह कैसे होगा कि उनके बच्चों में भी माइक्रोप्लास्टिक हो, यदि यह बाहरी तत्त्व है।'' साक्षी ने जिज्ञासा जतायी।

"अब इस पर तो रिसर्च जारी है मछलियाँ ही क्यों हमारे शरीर में भी माइक्रोप्लास्टिक ने अपनी जगह बना ली जो रह–रह कर कैंसर के रूप में हमारे सामने आता है और आर्सेनिक के साथ इसका सम्बन्ध जानने की ज़रूरत है।"

"आर्सेनिक"–साक्षी चौंकी।

"आर्सेनिक मेरा विषय नहीं है लेकिन इतनी बड़ी मात्रा में गंगा की मछलियाँ ख़त्म हुईं और माइक्रोप्लास्टिक से प्रभावित हैं तो इसके पीछे एक बार फिर गाद की कहानी है।"

"फिर गाद।"

"यह तो समझ आ गया कि फरक्का हादसे में गाद का बड़ा योगदान है लेकिन गाद का प्लास्टिक से क्या सम्बन्ध।" साक्षी अब फरक्का के हर पहलू को समझना चाहती थी।

सुब्रतो ने जोड़ा, ''गाद तो गंगा का अभिन्न हिस्सा है, इस हिसाब से जब से गंगा है तब से गाद है यानी प्लास्टिक के अस्तित्व में आने से भी हज़ारों साल पहले।''

''आपकी बात सही है लेकिन इसे यूँ समझिए।'' रिपन दा बोले, ''जब ग्यारह बैराज परियोजना के लिए बड़े पैमाने पर गाद को हटाया गया तो वे सेडीमेंट भी बाहर आ गये जो कई सौ सालों से दबे पड़े थे और ज़ाहिर है उनके साथ प्लास्टिक भी बड़ी मात्रा में बाहर आया और वह इतने छोटे रूप में आया कि हम सोच भी नहीं सकते। शायद इसी प्लास्टिक ने पराबैंगनी किरणों के साथ क्रिया कर कुछ ऐसा रसायन बना लिया कि वह एक से दूसरी मछली में और उसके बाद उनके अण्डों में ट्रांसफर होने लगा। अब पता नहीं ये सब कहाँ जाकर रुकेगा।"

"हाँ, अब तो लगातार गाद हट रही है जहाज़ चलाने के लिए यह ज़रूरी भी है, नहीं तो भारी आर्थिक नुक़सान हो जायेगा,"—तपन को अपनी ही बात पर हँसी आ गयी। कहने को तो उन्होंने कह दिया लेकिन वे सोच यह रहे थे कि मुगलकाल में भी तो जहाज़ चला करते थे उस समय न तो डैम थे न ही नदी को नियन्त्रित करने का कोई प्रमाण मिलता है।

सभी चलने को तैयार हो गये।

जाते—जाते साक्षी रुकी—"रिपन दा।"

"जी।"

"कुछ सुनाइए न।"

रिपन दा का चेहरा खिल गया...मानो वे तैयारी से ही आये थे, उन्होंने जेब से बाँसुरी निकाली और ज़मीन पर ही बैठ गये। तपन के बेटे के लिए इतना इशारा काफ़ी था वह दौड़ कर तबला उठा लाया, उसे ताल मिलाने में समय भी नहीं लगा और रिपन दा ने तान दी..

'उजन गंगेर नईया...' उनकी आवाज़ की तड़प ने सभी को बाँध दिया। अचानक रिपन दा को ध्यान आया कि मेहमानों को बाँगला समझने में परेशानी होगी ...एक क्षण रुके—"भटियाली में हिन्दी में काम कम हुआ है, फिर भी ...अजित बर्मन का लिखा एक ख़ूबसूरत गीत है।" फिर उन्होंने उसी धुन पर हिन्दी में गाना शुरू किया।

'माँ बोलो कब तलक यूँ चलना है
और कितने दिन माटी बन
मुझे छिन छिन गलना है'

वे गा रहे थे और साक्षी अपने आँसुओं को रोकने की कोशिश कर रही थी। वहाँ मौजूद हर शख़्स इन लाइनों को ख़ुद से जोड़कर देख रहा था।

रिपन दा रुके और माहौल को हल्का बनाने के लिए बोले, "यह गाना समझिए फरक्का बैराज जितना ही पुराना है लेकिन माटी के संगीत की पकड़ ढहती नहीं है... हा हा हा..."

क्योंकि भगवान को कैंसर नहीं होता

23 जनवरी, 2075

सुबह के अख़बार सुभाष बाबू की यादों से भरे थे, आज उनका जन्मदिन है। वैसे तो पूरे देश के लिए सुभाष बाबू ख़ास हैं लेकिन बंगाल से पूर्वी बिहार तक का इलाका उनसे ख़ास जुड़ाव रखता है। शेड्यूल के हिसाब से साक्षी की मीटिंग दिल्ली में चार दिन पहले ही हो जानी थी लेकिन उसके कहने पर इसे आगे टाल दिया गया।

राजमहल–साहिबगंज इलाका पार करते ही नदी के किनारे रंग बिखरते नज़र आये, मानो गंगा का सौन्दर्य अपने चरम पर हो जैसे अपने उद्गम में होता है। गंगा के दोनों किनारे फूलों की खेती से लहलहा रहे थे। साक्षी जी भरकर इस चरम सौंदर्य को देख लेना चाहती थी। सुब्रतो ने बताया कि गंगा तट से दोनों तरफ़ पाँच–पाँच किलोमीटर क्षेत्र में सरकार ने अनिवार्य रूप से फूलों की खेती का नियम लागू कर दिया है। सबसे ज़्यादा गेंदे और गुलाब की खेती होती है इसके अलावा रजनीगन्धा और लिली भी पैदा होते हैं इनकी बाजारी क़ीमत अच्छी है। इस अनिवार्य खेती का फ़ायदा स्थानीय पर्यटन को भी मिला है। दोनों किनारों पर खेती यहाँ से पटना और उसके भी आगे बलिया–गाजीपुर तक जाती है, जो फ़िल्म शूट के लिए भी निर्माताओं की पसन्दीदा जगह है। इससे भोजपुर–बनारस की अपनी फ़िल्म इंडस्ट्री को खड़े होने में मदद मिली है। यहाँ से फूलों की सप्लाई पूरे देश के अलावा दक्षिण एशियाई देशों में भी है। कुम्भ जैसे महाआयोजनों के लिए फूलों की आपूर्ति गंगा ही कर देती हैं।

ठण्ड का मौसम होने के कारण इस समय गंगा का सौन्दर्य अपने चरम पर था। इलाहाबाद के माघ मेले में सप्लाई के लिए फूलों से भरे पचासों ट्रक लाइन से नजर आ रहे थे। दियारा क्षेत्र पिछले कुछ समय

से 'द ग्रेट फ़्लावर प्लेन्स' के नाम से जाना जाने लगा था। सूरज की किरणों में नहाये गेंदे के फूलों की चमक ऐसी थी कि सोने को भी फ़ीका कर दे। फूलों के इस मैदान के बीच बहती गंगा में बड़े जहाज़ और हाईवे पर पूरी रफ़्तार से दौड़ती गाड़ियाँ, सब मिलाकर ऐसे सशक्त भारत की तस्वीर बयाँ कर रहे थे जिसने अपनी नदी को बचा कर रखा है। फूलों के सौन्दर्य में नहाते और सुब्रतो के आर्थिक दावों के बीच गाड़ी पटना पहुँच गयी।

24 जनवरी, 2075

पटना, उत्तर भारत का भव्य शहर, बढ़ती आबादी के कारण पटना और गंगा के उत्तर में मौजूद हाजीपुर, सोनपुर को भी इसी शहर में मिला दिया गया है। गंगा और नारायणी नदियाँ शहर के बीचोबीच बहती हैं। शहर के दोनों हिस्सों को जोड़े रखने के लिए बड़ी संख्या में फ्लाईओवर, मेट्रो फ्लाईओवर तथा बुलेट क्रासओवर बनाये गये। सब मिलाकर क़रीब बारह जगह गंगा की धारा पर निर्माण किया गया है। इंजीनियरिंग का कमाल है कि दो जगह बुलेट ट्रेन गंगा के नीचे से निकलती है।

होटल मौर्या के अपने कमरे में साक्षी अख़बार के पन्ने पलट रही थी, आज जब हर ख़बर आँखों के आगे मौजूद वर्चुअल स्क्रीन पर फ्लैश हो जाती है तब भी काग़ज़ के अख़बार ने अपनी जगह बचा कर रखी है। पन्ने पलटने का अहसास पुतलियों के इशारों से बदलने वाली स्क्रीन नहीं दे सकती। जीवन को बदल देने वाली ख़बरों की उम्र भी बस कुछ घण्टे ही होती है उसके बाद किसी को उसकी कोई चिन्ता नहीं होती। वह सरसरी तौर पर ख़बरें देखती जा रही थी।

'समुद्र के पानी को मीठे पानी में बदलने की तकनीक सस्ती हुई।'

'बहकर बांग्लादेश पहुँचे लोगों को स्वीकारने से सरकार का इनकार।'

उसकी निगाहें एक ख़बर पर आकर टिक गयीं।

'विश्व स्वास्थ्य संगठन ने नया भोजपुर को कैंसर विलेज घोषित किया।'

यूँ तो दुनियाभर में कैंसर की ख़बरें आम हैं लेकिन गंगा पथ कैंसर की नयी राजधानी बनकर उभरा है। आर्सेनिक प्रभावित सर्वाधिक आबादी गंगा–ब्रह्मपुत्र के डेल्टाई क्षेत्र में निवास करती है। ये भी कहा जाता है कि बांग्लादेश की क़रीब आधी जनसंख्या आर्सेनिक से पीड़ित है।

ख़बर पढ़कर साक्षी को मुख्यमन्त्री संयुक्ता से हुई मुलाक़ात याद आ गयी। उसे अब एहसास हो रहा था कि उस दिन बातचीत में मुख्यमन्त्री ने आर्सेनिक पर ज़ोर क्यों दिया था और गीताश्री राय से मिलवाने के पीछे कोई न कोई उद्देश्य था। उसने तपन को गीताश्री से सम्पर्क करने को कहा। गीताश्री उन दिनों डब्ल्यूएचओ की टीम के साथ पटना में ही मौजूद थीं। उन्होंने ही नया भोजपुर को कैंसर विलेज घोषित करवाने में अहम भूमिका निभायी थी।

साक्षी गीताश्री से मिलने के लिए बेहद उत्सुक थी, उसकी पहली मुलाक़ात महज़ औपचारिकता ही थी लेकिन अब वह आर्सेनिक और गंगा की तह में लिपटे भारत–बांग्लादेश सम्बन्ध को जानना चाहती थी। उसे एहसास हो रहा था कि फरक्का केवल एक हादसा नहीं, बल्कि महान ग़लतियों का परिणाम है।

"अच्छा हुआ आपने सम्पर्क किया, मैं ख़ुद आपसे मिलना चाहती थी।"

"अच्छा संयोग है कि आप भी पटना में हैं।"

"तपन जी को तो आप जानती ही हैं, ये सुब्रतो हैं इस यात्रा में भारत सरकार की ओर से नियुक्त मेरे सहयोगी।"

"हर घटना की सरकारी नज़र"–तपन की बात पर सुब्रतो भी मुस्करा दिये। साक्षी ने लॉबी के बजाय कमरे में ही बैठने पर ज़ोर दिया।

साक्षी ने ग़ौर किया गीताश्री ने पहली मुलाक़ात की तरह इस बार भी अपने शरीर को ढँक रखा था।

''कैसी चल रही है आपकी जाँच।'' गीताश्री ने पूछा।

''अभी तक तो समझने की ही कोशिश कर रही हूँ इस महान नदी और उसकी संस्कृति को। पर एक बात तो है सबकुछ वैसा नहीं है जैसा ऊपर से नज़र आता है।''

''कहीं ऐसा तो नहीं कि आर्सेनिक के कारण करोड़ों विस्थापितों के आँकड़ों को दबाने के लिए फरक्का हादसा प्लान किया गया हो।'' साक्षी सीधे मुद्दे पर आयी, फिर अपनी ही बात को काटते हुए बोली, ''लेकिन ऐसा करने से भारत को क्या फ़ायदा, यदि यहाँ आर्सेनिक पीड़ित ज़्यादा हैं तो उसे अन्तरराष्ट्रीय मदद भी ज़्यादा मिलेगी। मतलब, क्या इसका सम्बन्ध उस विशाल और सफल आर्थिक मॉडल से है जिसे मैंने रास्ते में देखा है या फिर कुछ ऐसा जो दिखा ही नहीं।''

''हम एक महान नदी के किनारे बसने की क़ीमत चुका रहे हैं।''

गीताश्री ने कहा, ''शुरू से शुरू करती हूँ। एक समय था जब आर्सेनिक का गंगा के पानी से कोई सम्बन्ध नहीं था। यहाँ तक कि आज भी कई जगह गंगा का बहता पानी सुरक्षित माना जाता है। नया भोजपुर मेरा भी पैतृक गाँव है। यहाँ की गलियों में बचपन बीता है मेरा।''

''अरे वाह।'' साक्षी ने उत्साह दिखाया, ''अपनी ज़मीन के लिए कुछ करने का मौक़ा विरलों को ही मिलता है।''

गीताश्री ने कोई उत्साह नहीं दिखाया, ''हाँ, यदि आपकी ज़मीन आपको कुछ करने लायक छोड़े।''

''मतलब, मैं समझी नहीं?''

''जस्ट किडिंग!''

साक्षी ने देखा ग्रीन टी का मग हाथ में लेते हुए गीताश्री का हाथ काँपा। उसने कहा सँभालिए, गीताश्री ने दूसरे हाथ से 'सब ठीक है' का इशारा किया। लेकिन साक्षी की निगाहों से उनके हाथ का घाव बच नहीं पाया जो चाय उठाते समय आस्तीन के पीछे सरकने से दिख गया। उससे रहा नहीं गया।

''क्या कोई चोट...?''

''हाँ चोट ही है, अपनी ज़मीन की, अपनी मिट्टी की और अपनी नदी की।

साक्षी चुप रही।

गीताश्री ने कहा, ''आर्सेनिक का सम्बन्ध प्रदूषण से नहीं है। यह सदियों पहले हिमालय से नदियों के साथ बहकर आया और तलहटी में जमा हो गया। वक़्त बीता और नदियों ने अपना रास्ता थोड़ा बदला, जिससे पहले के रास्ते पर मिट्टी की परत जमा हो गयी। समाज ने नदी की उस जगह को अपना मानकर वहाँ गाँव और कस्बे बसा लिए। मेरा अपना भोजपुर भी कुछ इसी तरह बसा। गाँव को पानी चाहिए तो कुएँ खोदे गये लेकिन ज़रूरत बढ़ती गयी। कुएँ की जगह हैंडपम्पों ने ले ली। किन्तु क़रीब सौ साल पहले सरकारी तौर पर एक अभियान चलाया गया जिसमें कहा गया कि कुएँ का पानी पीने योग्य नहीं है हैंडपम्प एक सुरक्षित तरीक़ा है पानी के दोहन का।''

तपन यह सब पहले से जानते थे, लेकिन सुब्रतो और साक्षी के लिए ये बातें नयी थीं।

''कुओं के स्थान पर हैंडपम्प का आना पहला क़दम था मानव जाति

का आर्सेनिक की तरफ़। कुएँ का पानी सूर्य की रोशनी के सीधे सम्पर्क में होता है इसलिए उसमें आर्सेनिक टिक नहीं पाता लेकिन हैंडपम्प का पानी तो पूरी तरह आवरण से ढँका हुआ है जिस तक सूरज की रोशनी पहुँच ही नहीं सकती। इसके अलावा सिंचाई के लिए भी पानी चाहिए था इसलिए ज़मीन को और भी ज़्यादा खोदा गया, इस लगातार और बेतहाशा दोहन ने इनसान को ज़मीन की उस गहराई तक पहुँचा दिया जहाँ आर्सेनिक मौजूद था।''

''लेकिन गंगा का पानी तो पूरी तरह खुले में बहता है और सूरज की रोशनी में खिलता है फिर वहाँ आर्सेनिक कैसे?'' साक्षी ने सवाल किया।

मैंने कहा न, कई जगह गंगा का बहता पानी सुरक्षित माना जाता है।

''कई जगह का क्या मतलब?''

''वही बता रही हूँ लेकिन इसके लिए पहले आर्सेनिक की प्रकृति को समझना ज़रूरी है। दरअसल, आर्सेनिक एक सेमी मेटालिक तत्त्व है जो आयरन, कैल्शियम, कॉपर आदि के साथ क्रिया करता है। इसे इसके ज़हरीलेपन की वजह से जाना जाता है। इसमें कैंसर पैदा करने की क्षमता है और ये हवा, पानी, त्वचा और भोजन के सम्पर्क में आकर हमारे शरीर में पहुँच जाता है। आर्सेनिक प्रभावित पानी से कैंसर, लिवर फाइब्रोसिस, हाइपर पिगमेंटेशन जैसी लाइलाज बीमारियाँ हो रही हैं। गर्भ में पल रहे बच्चे तक इससे अछूते नहीं हैं। विश्व स्वास्थ्य संगठन का मानना है कि अधिकतम दस पार्ट प्रति बिलियन आर्सेनिक मिला पानी ही सुरक्षित होता है, लेकिन गंगादेश में आर्सेनिक की मात्रा एक हज़ार से पन्द्रह सौ पार्ट प्रति बिलियन तक पहुँच गयी है।''

कहते–कहते गीताश्री रुकीं और साक्षी से पूछा, ''फूलों की खेती कैसी लगी।''

साक्षी कहना चाहती थी, ''अद्‌भुत...'' लेकिन कुछ सोचकर रुक गयी ''...ठीक था, अच्छा था।''

गीताश्री मुस्करायीं, एक नज़र सुब्रतो पर डाली फिर बोलीं–

''गंगा के दोनों किनारे धान की अकूत पैदावार देते थे, इसी तरह गेहूँ, दालें और सब्ज़ियाँ क्या नहीं था जो गंगा न देती हो। लेकिन आर्सेनिक ने सबसे पहले धान को पकड़ा और उनकी थाली में पहुँच गया जो गंगा किनारे नहीं रहते। रही–सही कसर खेतों में डाले जा रहे पेस्टिसाइड से पूरी कर दी जो बारिश के पानी के साथ बहकर गंगा में मिल जाता।

अनाज और सब्ज़ियों में आर्सेनिक आने के कारण वह चारा बनकर आसानी से डेयरी में घुस गया और गाय–भैंसों के दूध से भी बीमारियाँ होने लगीं। भूमिगत जल में पाया जाने वाला ये ज़हर पता नहीं कैसे मछलियों में भी आ गया।''

मछलियों में आर्सेनिक की बात सुन सभी ने एक–दूसरे की ओर देखा, लेकिन गीताश्री अपनी ही रौ में थीं।

''देखते ही देखते गंगा तट ज़हर उगलने लगे, जिस अमृत के लिए सभ्यताएँ खिंची चली आती थीं वह हलाहल में तब्दील हो गया नतीजा–विस्थापन। लाखों बेमौत मारे गये और करोड़ों साफ़ पानी की तलाश में गंगा से दूर हो गये। 'गंगा से दूर साफ़ पानी की तलाश', कहने में भी अजीब–सा लगता है, नहीं? उनकी आवाज़ में भारीपन था।

''लेकिन यह स्थिति तो हमेशा से ही थी, मतलब गंगा पथ पर आर्सेनिक है यह बहुत पुरानी बात है फिर इतने बड़े विस्थापन की स्थिति अचानक कैसे बन गयी? तपन ने गीताश्री को कुरेदा।

''आप ठीक कह रहे हैं, गंगा सहित उत्तरी बिहार से आने वाली नदियाँ काफ़ी गाद लेकर आती रही हैं और फरक्का बनने के पहले तक यह गाद अपने प्राकृतिक रूप में आगे जाकर पूरे बंगाल को बेहतरीन खेती की ज़मीन मुहैया कराती थी। लेकिन जब फरक्का बैराज और कोसी के तटबन्ध बने तो गाद जमा होने लगी और दशकों तक जमा होते–होते गाद के पहाड़ ही बन गये। गाद को हटाने का बजट तो होता था, लेकिन गाद कभी साफ़ हुई नहीं। इन पहाड़ों के नीचे एक तरह से आर्सेनिक सेडिमेंट भी जमा थे। फिर जब वाटर वे बनाने के लिए ग्यारह बैराजों पर काम शुरू हुआ तो बड़े पैमाने पर ड्रेजिंग हुई और गाद के ये पहाड़ नदी से सटे खेतों में डाल दिये गये। इस तरह दशकों से जमा हैवी सेडिमेंट बाहर आ गये और देखते ही देखते आर्सेनिक पीड़ितों की संख्या में दिन दूनी रात चौगुनी बढोतरी होती चली गयी।''

गीताश्री की बात रिपन दा का समर्थन ही कर रही थी।

''फिर हुआ यूँ कि दुनिया की एकमात्र अमृत तत्त्व यानी बैक्टीरियोफेज़ वाली नदी का भारतीय दावा शिथिल पड़ने लगा और गंगा की पहचान आर्सेनिक बेल्ट के तौर पर होने लगी। दूसरे देशों से अब भी लोग यहाँ आते लेकिन आर्सेनिक पर शोध करने न कि गंगा के अमृत्व का रहस्य जानने। तब सरकार ने बड़े पैमाने पर 'दमन' और 'प्रोत्साहन' नीति को

बढ़ावा दिया। दमन यानी गंगा किनारे रहने वालों को वहाँ से जाने के लिए मजबूर किया गया और खेती करने पर रोक लगा दी गयी और प्रोत्साहन यानी फूलों की खेती को बढ़ावा दिया, फ्री बीज और तकनीक दी गयी ताकि लोग इसे अपना सकें।''

''आप मानेंगे परम्परागत खेती करने वाले समाज की दो पीढ़ियाँ ख़र्च हो गयीं इस बदलाव में।''

साक्षी ने टोका—''आप कह रही हैं कि गंगा के अमृत्व की कहानियों को बचाये रखने के लिए ज़रूरी था कि आर्सेनिक की कहानियाँ सामने न आयें या गंगा वाटर का आर्थिक महत्त्व इसके पीछे है? सब जानते हैं कि आज दुनिया में सबसे महँगे पानी में से एक गंगोत्री का गंगाजल है।''

"मैं नहीं कह सकती, सच तो यह है कि इसमें से कुछ भी साबित नहीं किया जा सकता।" कमरे में कुछ पल की चुप्पी छा गयी।

''वास्तव में एक सच के पीछे भी कई सच होते हैं'' सुब्रतो कुछ सोचते—सोचते एकदम से बोल उठे।

उनकी बात पर किसी ने रियेक्ट नहीं किया।

गीताश्री बोलीं, ''इन फूलों में ख़ुशबू बिल्कुल नहीं है और आर्सेनिक की मात्रा भयावह स्तर तक है। लेकिन सब जानते हैं कि भगवान शिकायत नहीं करते, उन्हें कैंसर भी नहीं होता।'' गीताश्री को अपने कहे पर हँसी आ गयी, ''मैं भी क्या कह रही हूँ, आख़िर पहले भी तो आर्सेनिक के ज़हर से महादेव ने ही बचाया था, अब भी जितना हो सकता है वे चढ़ावे के रूप में ज़हर ले लेते हैं।''

फिर वे एकाएक गम्भीर हो गयीं—''महादेव तो ज़हर पचा सकते हैं लेकिन इनसान के बस में यह कभी नहीं रहा।'' वे खड़ी हो गयीं और एक झटके में अपनी जैकेट और चेहरे से मफ़लर हटा दिया—"गंगा पथ का इनसान अब ऐसा नज़र आता है।"

उफ़—साक्षी के मुँह से एक घुटी—सी चीख़ निकली। गीताश्री के चेहरे और शरीर पर कई सारे घाव थे, वे आर्सेनिक से हुए कैंसर के अन्तिम स्टेज में थीं। तपन और सुब्रतो भी उन्हें देखकर डर से गये।

गीताश्री ने अपने कपड़े दोबारा पहन लिए, कमरे में काफ़ी देर शान्ति छायी रही।

"गाँव से बहुत प्यार था, साइंस पढ़ने के लिए जब गाँव से बाहर निकली तो सोचा था वापस आकर यहीं स्कूल खोलूँगी। लेकिन क्या पता

था जो पानी बचपन से पी रही हूँ वह मुझे अपने ही कॉलेज में परीक्षण का विषय बना देगा।"

साक्षी ने उनका हाथ थाम लिया।

"अब तो जितना भी समय बचा है, कोशिश है कि आर्सेनिक को लेकर लोग जागरूक हो जायें।"

गीताश्री, साक्षी, तपन और सुब्रतो सभी को बैठे हुए काफ़ी देर हो गयी थी, तय किया गया कि खाना कमरे में ही मँगा लिया जाये।

"एक बात और, शायद आपने ग़ौर न किया हो, राजमहल से यहाँ पटना तक आपको कहीं भी मछली पकड़ते लोग नज़र नहीं आये होंगे।" साक्षी को ध्यान आया कि सच में कहीं फिशिंग करते लोग नज़र नहीं आये और पूरा फूलों का इलाका ख़ूबसूरत ज़रूर था लेकिन हाईवे पर कोई ख़ुशबू नहीं थी।

"आपका मतलब है आर्सेनिक के कारण मछली पकड़ने पर रोक है।"

''हाँ, लेकिन बात सिर्फ़ इतनी ही नहीं है। फिशिंग पर रोक के पीछे कारण दिया गया गंगा की पवित्रता का। गंगा में मछली को न मारा जाये, इस आदेश को धार्मिक नारे की आड़ में लागू किया गया ताकि इसका विरोध न होने पाये। लेकिन असल कारण था बैराजों की सुरक्षा। ग्यारह बैराज हमेशा से आतंकी निशाने पर रहे हैं। बेहतरीन रडार सुरक्षा के कारण हवाई हमला तो बेहद मुश्किल है लेकिन ज़मीनी हमले का ख़तरा बना रहता है। यदि एक भी बैराज पर कोई दुर्घटना हो जाये तो उसका प्रभाव आसानी से बहाव की दिशा में बने अगले बैराज पर पड़ेगा और इस तरह एक ही हमले को सीरियल हमलों में बदला जा सकता है, इसका असर कितना होगा इसकी सिर्फ़ कल्पना ही की जा सकती है। वैसे एक सच्चाई यह भी है कि गंगा में मछलियाँ बची ही नहीं हैं। मोटे तौर पर, नदी उसे कहा जाता है जिसके उद्गम से अन्त तक जलचर सफ़र कर लें, लेकिन इन ग्यारह बैराजों को मिलाकर हमने गंगा को सिर्फ़ मैदान में ही चौबीस जगहों पर बाँधा है यानी जलचर दो बैराजों के बीच में रहते हैं। इस तरह गंगा में ही चौबीस गंगा बन चुकी हैं।

''कुल मिलाकर हमारे पास एक ऐसी गंगा है, जिसमें घाट नहीं हैं, तट नहीं हैं, मल्लाह नहीं हैं, उनकी नावें नहीं हैं, मछलियाँ नहीं है, खेत–खलिहान नहीं है, दियारा नहीं है और तो और गंगाजल भी नहीं है। हाँ मन्दिर और अन्तिम संस्कार के स्थान ज़रूर हैं और फल–फूल रहे हैं।

"लेकिन ख़ूबसूरती बरकरार है, यह तो ऐसा ही है कि हमारी माँ बीमार हो और हम उसे अस्पताल के बजाय ब्यूटीपार्लर में भर्ती कर दें", तपन बोले।

"लेकिन कुछ तो मछलियाँ होती ही होंगी और उनमें यदि आर्सेनिक है तो उसका सेवन भी ख़तरनाक होग।" साक्षी ने पूछा।

''बिल्कुल, इसीलिए आप लोगों को रास्ते में कहीं मछलियाँ पकड़ते लोग नहीं मिले। दरअसल, गाद निकालने के लिए ज़िम्मेदार ठेकेदार ही इन मछलियों को पकड़ते हैं और स्थानीय बाज़ार में खपा देते हैं। सरकारी तौर पर तो यह बन्द है लेकिन सी टाउन के बाज़ारों से कोई शिकायत नहीं आती इसलिए सब चलता है।''

आर्सेनिक प्रभावित क्षेत्रों में शोध के दौरान एक रोचक जानकारी सामने आयी, आर्सेनिक को हिन्दी में संखिया कहते हैं। संखिया और भगवान शंकर पर चढ़ाये जाने वाले धतूरे के तत्त्व रासायनिक रूप से एक समान होते हैं, शास्त्रों में वर्णित है कि महादेव ने हलाहल पिया था, और हलाहल जिस मन्थन से निकला वह मन्दराचल पर्वत भी इसी क्षेत्र में मौजूद माना जाता है। संखिया–धतूरा, शिव और गंगा का गहरा आपसी सम्बन्ध यह इंगित करता है कि गंगा और शिव ने समाज को इस ज़हर से बचाया, शायद इसीलिए गंगाजल को अमृत कहा गया।

–लेखक

क्योंकि गण से अलग सोचता है तन्त्र

25 जनवरी, 2075

एक हिलसा तेज़ी से समुद्र की तरफ़ भाग रही थी, साथ में उसके दो छोटे बच्चे थे। काँटे और जाल से बच पाना लगभग असम्भव था, किस्मत से बचती–बचाती वह किसी तरह आगे बढ़ रही थी। उसकी साँसें फूल रही थीं और हिम्मत जवाब दे रही थी, आँखें बन्द किये दोनों बच्चे माँ के पंखों से चिपके आगे बढ़ रहे थे। एकाएक किसी पावर प्लांट का छोड़ा हुआ गरम पानी उनकी तरफ़ बढ़ा, हिलसा ने पानी के बदलते तापमान से आती हुई मौत का अन्दाज़ा लगा लिया और बच्चों को अपने पंख में छुपा पूरी ताक़त से गहरे पानी में गोता लगा दिया, नीचे और नीचे, और भी नीचे... उसे पता था जीवन पाताल में छुपा है। एक साँस लेने के बाद उसने ऊपर की ओर देखा, सैकड़ों उलटी पड़ी मछलियाँ पानी की लहरों के साथ हिल रही थीं, देखते ही देखते हिलसा का चेहरा एक औरत के चेहरे में तब्दील हो गया, फिर वह चेहरा ख़ूबसूरत होता चला गया, सुन्दर, बहुत सुन्दर ठीक वैसा ही जैसा साक्षी ने अपने मन में हमेशा से बना रखा था।

साक्षी के सपनों में गंगा ने जगह बना ली थी।

नाश्ते की टेबल पर भी साक्षी का विचारक्रम जारी था। अब तक की यात्रा विरोधाभासों से भरी पड़ी थी, जो ख़ूबसूरत नज़र आता है वह वास्तव में होता नहीं। विकास, सोने के रथ के मानिंद दौड़ता जा रहा है वास्तविकता को रौंदते हुए... वास्तविकता ही क्यों, बल्कि मनुष्यता को रौंदते हुए... लेकिन इस रथ में सवार लोग भी मनुष्य ही हैं, उनके चेहरों पर सन्तुष्टि के भाव हैं। वह सोच रही थी कि यदि गंगा किनारे अनाज की पैदावार पर रोक लगा दी गयी तो देश में अनाज की भारी

कमी होनी चाहिए थी इसके उलट यह देश खाद्यान्न में सम्पन्न है। यह वास्तविक विकास नहीं तो और क्या है? लेकिन कैसे? कोई देश अपनी सबसे बड़ी नदी, जिस पर तक़रीबन पचास करोड़ लोगों की निर्भरता है, के किनारे खेती पर रोक लगाकर खाद्यान्न सम्पन्न कैसे हो सकता है। कुछ तो ऐसा है जिसे गीताश्री और तपन जैसे पर्यावरणविद् भी समझ नहीं पा रहे और विरोध के लिए विरोध कर रहे हैं। इसी उधेड़बुन में उसका ध्यान फिर अपने सपने की ओर गया और वह सिर झटक फिर नाश्ते पर ध्यान लगाने लगी। उसे हल्का सिरदर्द होने लगा तो एक साथ तीन–चार सिप चाय के लिए। उसने तपन को फ़ोन करने के लिए अपना मोबाइल उठाया, फिर कुछ सोच कर रख दिया और वर्चुअल स्क्रीन को ऑन कर दिया। वह एक साथ तीन–चार शब्द बुदबुदायी–फूड इंडिया, ग्रेन्स इंडिया, इंडिया फूड ग्रेन्स...कुछ ही पलों में साक्षी के सामने कई पेज खुल गये, वह उन पर उड़ती निगाह डालने लगी। इंटरनेट भारत की सफलता के आँकड़ों से भरा हुआ था। आगे बढ़ते हुए उसकी आँखें एक शब्द पर आकर थम गयीं।

वाटर फुटप्रिंट...

अरे हाँ, वह तो इस शब्द से अच्छी तरह परिचित है, फिर अब तक इस पर ध्यान क्यों नहीं गया। तो क्या वाटर फुटप्रिंट के सफल खिलाड़ी भारत की सफलता के पीछे गंगा की नाकामी छिपी हुई है? उसे तीन साल पहले भारतीय प्रधानमन्त्री का संयुक्त राष्ट्र में दिया गया भाषण याद आने लगा जो उन्होंने वर्चुअल वाटर ट्रेड में भारतीय पक्ष पर दिया था। एक समय था जब भारत दाल के उत्पादन में पूरी तरह आत्मनिर्भर था और चावल, गेहूँ, गन्ना, कपास, सोयाबीन को बड़े पैमाने पर बाहर भी भेजा करता था। लेकिन क़रीब दो दशक पहले भारत ने अपनी खेती नीति में आमूलचूल परिवर्तन किया और ऐसी फ़सलों को बाहर के देशों से मँगाने लगा जिनमें ज़्यादा पानी लगता है। इसके लिए उसने दूसरे अल्पविकसित ख़ासकर अफ़्रीकी देशों के साथ कॉन्ट्रेक्ट फार्मिंग के बड़े सौदे भी किये। ऐसा करके उसने अपने यहाँ का पानी भारी मात्रा में बचा लिया इसे एक तरह का वर्चुअल वाटर ट्रेड कहा गया। एक टन गेहूँ को उगाने में क़रीब 1,500 घन मीटर पानी लगता है या एक कप कॉफ़ी के लिए 140 लीटर पानी की ज़रूरत होती है। जो देश अनाज या कॉफ़ी का आयात कर रहे हैं, वे अपनी अन्य ज़रूरतों के लिए पानी बचा रहे होते हैं। यह वर्चुअल

वाटर इम्पोर्ट उन देशों से होता है जहाँ इन फ़सलों के लिए भरपूर पानी उपलब्ध है। तमाम आरोपों के बावजूद भारत की सोच को बड़े देशों ने विकसित और दूरदृष्टि का तमगा दिया। हालाँकि मिस्र और चीन पहले ही एंबेडेड वाटर पर काफ़ी आगे निकल चुके थे। इन देशों के पास नील और यांग्जी जैसी दुनिया की बड़ी नदियाँ और विशालकाय बाँध शृंखला होने के बावजूद ये देश फ़सलों के सबसे बड़े आयातक रहे हैं। अपना वाटर बैंक बढ़ाने के इसी दौर में गंगा किनारे खेती पर रोक लगायी गयी। कारण चाहे जो दिये गये हों लेकिन इसके पीछे सोच गंगा की संस्कृति के स्थान पर गंगा के आर्थिक पक्ष को बढ़ावा देना था। एक ऐसी नदी कम्पनी जो हर हाल में लाभ देती है।

गंगा से जुड़े पुराने चित्र भले विलुप्त हो गये हों, समाज खो गया और संस्कृति बदल गयी ये सब एक वाटर वे में समा गये और पैसा बरसा रहे हैं।

"हर तरफ़ पैसा है और लोग उसे पाकर सन्तुष्ट हैं।" तपन की आवाज़ सुनते ही साक्षी ने हड़बड़ाकर उसकी तरफ़ देखा, उसे लगा तपन को उसके बारे में सबकुछ पता है, सबकुछ। फिर ख़ुद को संयत कर बोली—''तुम किस बारे में बात कर रहे हो।''

''अरे कुछ नहीं, एक पुराने परिचित मिल गये थे, उनकी तकलीफ़ सुन कर उसी के बारे में सोचता हुआ आ रहा था, तो मुँह से निकल गया।''

साक्षी मुस्करायी—''क्या हुआ।''

''पटना में गंगा से मिलती एक नदी है, नारायणी।''

''हाँ तो।''

''मतलब पहले मिलती थी अब तो वह गंगा का ही एक अंग बन चुकी है, लोगों की इच्छा होती है कि उनका अन्तिम संस्कार इसी नदी के किनारे हो। सम्भवतः किसी माइथोलॉजी कथा के चलते यह धारणा बनी हो। गण्डक नदी ही यहाँ आकर नारायणी कहलाती है।''

"हुआ यूँ कि भगवान विष्णु ने एक मगरमच्छ के शिकंजे से हाथी की रक्षा की थी इसी नारायणी नदी में, शायद तभी से सोनपुर मेले में पशुओं का अधिक महत्त्व है। एक मान्यता यह भी है कि यहीं संगम पर शैव और वैष्णव के बीच विवाद हुआ और बाद में समझौते के तहत हरहरि मन्दिर की स्थापना हुई यानी शिव और विष्णु दोनों को विराजा गया। शायद संगम पर अन्तिम संस्कार की परम्परा इसी कथा में छुपी है।"

''ओके, लेकिन हुआ क्या?'' साक्षी समझ नहीं पा रही थी।

''हुआ ये कि जब से कुछ पढ़े–लिखे लोगों ने पौराणिक का ट्रांसलेशन माइथोलॉजी कर दिया है तब से सभी शास्त्रों को मिथ समझना फ़ैशन हो गया है, मानो हमारी हर पौराणिक बात एक झूठ है। सुब्रतो ने कमरे में घुसते हुए कहा।

''सुब्रतो, तपन का यह मतलब नहीं था।'' साक्षी ने सँभाला, ''वे किसी और सन्दर्भ में नारायणी का ज़िक्र कर रहे थे।''

सुब्रतो ने कोई जवाब नहीं दिया।

तपन ने एक गहरी नज़र सुब्रतो पर डाली, ''तो मैं कह रहा था कि पटना नगर निगम ने व्यवस्था के चलते नहर से हटकर एक तालाब बनाया हुआ है जिसके किनारे अन्तिम–संस्कार की व्यवस्था है।''

साक्षी और सुब्रतो दोनों ही बिना कुछ बोले तपन को देख रहे थे।

''तो होता यह है कि कम्प्यूटराइज क्रिमेशन सेंटर में किसी कर्मचारी को पटा लीजिए वह आपका नम्बर आने के ठीक पहले सिस्टम को ख़राब कर देगा, जिसे ठीक होने में चार से पाँच घण्टे लगते हैं, नियम यह है कि यदि एलॉटेड प्लेटफॉर्म का सिस्टम ख़राब हो जाता है तो आप अन्तिम संस्कार लकड़ियों से कर सकते हैं। कुल मिलाकर इलेक्ट्रिक क्रिमेशन अनिवार्य होने के इतने सालों बाद भी लकड़ियों का धन्धा चल रहा है और इसे हर–हरि दोनों का आशीर्वाद भी प्राप्त है।''

गाद का एक और गणित

26 जनवरी, 2075

देश अपना 126वाँ गणतन्त्र मना रहा था। बिहार के मुख्यमन्त्री से मिलने के लिए साक्षी ने समय माँगा था लेकिन अब तक वहाँ से कोई जवाब नहीं आया। वह चाहती थी कि एक बार बिहार का पक्ष जान ले क्योंकि बिहार ने हमेशा ही फरक्का बैराज के निर्माण और बांग्लादेश सन्धि का विरोध किया था। क्योंकि बांग्लादेश को एक तय मात्रा में पानी देने की ज़िम्मेदारी कहीं न कहीं बिहार पर आयेगी और इससे उसके किसानों का अहित होगा। कई बार बिहार की यह आशंका सच साबित हुई और उसे गर्मियों के दिनों में जब पानी की भारी किल्लत होती है तब सिंचाई का पानी बंगाल की तरफ़ छोड़ना पड़ता है लेकिन एक सच्चाई ये भी है कि आज वाटर वे के राजस्व का बड़ा हिस्सा बिहार को ही मिल रहा है और बिहार के गगनचुम्बी विकास में उथली गंगा की बड़ी भूमिका है।

सुब्रतो ने साक्षी को दिल्ली से आया एक मेल फॉरवर्ड किया। वह मेल साक्षी के लिए ही था लेकिन वाया सुब्रतो आया था। केन्द्रीय प्रधान सचिव के मेल में अन्तरराष्ट्रीय प्रोटोकॉल का हवाला देते हुए जल्दी दिल्ली आने को लिखा था, साथ ही इसमें केन्द्रीय मन्त्री के साथ मीटिंग की नयी तारीख़ तय करने का अनुरोध था। साक्षी को लगा जैसे उस पर दबाव बनाया जा रहा है। उसने मेल को बन्द किया तभी एक सिंगल टोन के साथ दो नये मेल उसकी वर्चुअल स्क्रीन पर चमकने लगे। दोनों ही मैसेज बांग्लादेश से उसके साथी जॉय ख़ान ने भेजे थे। जॉय साक्षी की टीम का एक हिस्सा थे और फरक्का हादसे के बाद की स्थिति की समीक्षा और नुक़सान के दावों की हक़ीक़त परखने के लिए बांग्लादेश में थे। हालाँकि जॉय के दोनों ही सन्देशों में मोटे तौर पर वही बातें थीं जो महीनों से मीडिया की सुर्खियाँ बनी हुई थीं।

साक्षी ने जॉय को लिखे जवाब में दो चीज़ों पर ख़ास ध्यान देने और डिटेल भेजने को लिखा। वह जानना चाहती थी कि क्या बांग्लादेश को इस तरह की किसी आपदा की आशंका पहले से थी, यदि हाँ तो उसने अपने पूर्वी और दक्षिणी हिस्से को बचाने के लिए एतिहातन क्या क़दम उठाये थे? दूसरा–क्या बांग्लादेश की हज़ारों साल पुरानी नदी–डेल्टा प्रणाली पहले ही बर्बादी की तरफ़ बढ़ रही थी, फरक्का हादसे ने सिर्फ़ उसकी गति को बढ़ा दिया?

पिछले दस मिनट से शान्त बैठे सुब्रतो समझ नहीं पा रहे थे कि साक्षी ने उन्हें क्यों बुलाया है। साक्षी भी किन्हीं काग़ज़ों में खोयी हुई थी। कमरे में तपन का वह होना कहीं न कहीं सुब्रतो को अच्छा लग रहा था और उन्हें इन्तज़ार करने में एक तरह से मज़ा आ रहा था।

"सुब्रतो!"

"जी।"

"देखो मैं जानती हूँ, मेरा काम हादसे के नुक़सान और दावों की जाँच करना भर है लेकिन चाहते ना चाहते मैं इसके दूसरे पहलुओं पर भी ध्यान दे रही हूँ।

"जी।"

"लेकिन सोच कर देखो–अब तक इतना तो समझ आ गया कि हादसे के पीछे गाद एक बड़ा कारण है, जिससे कटान और बाढ़ जैसी विकराल समस्याएँ पैदा हुईं। गाद से ही आर्सेनिक और माइक्रोप्लास्टिक जुड़ा हुआ है इसी के चलते गंगा किनारे खेती पर रोक लगायी गयी। इस रोक से बहुत पहले ही सिंचाई के लिए पानी की कमी हो गयी थी। लेकिन ये गाद ही है जिससे फूलों की खेती लहलहा रही है।"

"जी" सुब्रतो एकदम गम्भीर चेहरा बनाये हुए थे।

"तो जितनी गाद या मिट्टी हिमालय देता है यदि उसे जहाज़ के लिए रास्ता साफ़ करने के नाम पर लगातार निकाला जाये और किनारों पर फूलों के खेत में डाल दिया जाये तो खेत में पहाड़ बन जायेगा ठीक वैसा ही जैसा फरक्का बैराज में बन गया था।"

"जी, बात तो ठीक है।"

"लेकिन हमने देखा कि खेत सपाट हैं और बेहतरीन हैं।"

"हाँ!"

''तो मैं सोच रही थी कि तमाम अच्छे–बुरे पहलुओं के बावजूद गाद का कोई एंगल ऐसा भी है जो समझ नहीं आ रहा।''

''जी'' सुब्रतो को साक्षी का उससे यूँ बातें करना अच्छा लग रहा था, वे ख़ुद को तपन की तरह ही समझ रहे थे इसलिए कुछ देर के लिए उन्होंने सरकारी चोला भी उतार दिया था। वह फ़ोन निकालकर किसी का नम्बर डायल करने लगे।''

क़रीब एक घण्टे बाद ड्रेजिंग कॉरपोरेशन के स्टेट चीफ़ कुमार लौकिक होटल में मौजूद थे। परिचय कराने के बाद सुब्रतो ने साक्षी से अपना फ़ोन चैक करने को कहा और वहाँ से चले गये। साक्षी ने फ़ोन देखा तो उसमें सुब्रतो का ही मैसेज था। जिसमें लिखा था कि किसी भ्रष्टाचार की वजह से कुमार लौकिक सस्पेंड चल रहे हैं लेकिन वे जानकारी पूरी दे सकते हैं जो भी आपको जानना है लेकिन यह सब पूरी तरह से अनौपचारिक है और इस मीटिंग का रिकॉर्ड नहीं रखा गया है।

मैसेज पढ़कर साक्षी मन ही मन मुस्करायी, वह सोच रही थी कि सुब्रतो को समझना भी आसान नहीं है, कभी–कभी तो बस ख़ुश ही कर देता है।

कुमार लौकिक ने अनौपचारिक बातचीत में वाटर वे का जो अर्थशास्त्र समझाया, वो साक्षी के लिए चौंका देने वाला था। अब तक वह यही समझ रही थी कि गंगा से आर्थिक फ़ायदा कमाने के लिए सरकार ने बाक़ी पहलुओं को साइड कर दिया है।

लौकिक के मुताबिक़ ड्रेजिंग (नदी से गाद हटाने की प्रक्रिया) एक अच्छी–खासी महँगी प्रक्रिया है और सरकार के चहेतों को ठेका देकर कराने से और भी महँगी हो जाती है। एक किलोमीटर की ड्रेजिंग की क़ीमत एक बार में तक़रीबन एक करोड़ रुपये बैठती है। होता यह है कि गाद निकालकर उसे दूर खेतों में डालने का प्रावधान है लेकिन ठेकेदार तट से सटे खेतों में ही गाद डाल कर पैसा बचाते हैं, किनारों पर ढेर ज़्यादा हो जाता है और एक बारिश से ही वापस नदी का हिस्सा बन जाता है। यह एक लगातार चलने वाला व्यापार है। वो तो ड्रेजिंग का बजट अलग होता है इसलिए उसे वाटर वे कम्पनी के खाते में ख़र्चे के तौर पर नहीं दिखाया जाता। यदि ड्रेजिंग के ख़र्चे को वाटर वे कम्पनी के खाते में डाल दिया जाये तो वह एक दिन में ही दिवालिया हो जायेगी। ठीक वैसे ही जैसे रैपिड मेट्रो या गंगा पर बने मेट्रो ट्रैक की सुरक्षा राज्य पुलिस के

हाथों में है अब यदि ये सुरक्षा ख़र्च मेट्रो से लिया जाये तो उसका भट्ठा बैठ जायेगा। कुल मिलाकर सरकार वाटर वे को एक सफल मॉडल बनाये रखने के लिए ड्रेजिंग को अलग रखती है।

तपन बिहार राज्य ग़ज़ेटियर और पटना लाइब्रेरी में मौजूद फ़ाइलों को विशेष अनुमति लेकर निकाल लाये थे और क़रीब चार घण्टे से अपने कमरे में बन्द थे। अब तक साक्षी चार बार उन्हें बुलाने के लिए सन्देशा भिजवा चुकी थी।

कमरे की घण्टी बजी, दरवाज़े पर साक्षी ही थी।

''ऐसे कौन से काम में व्यस्त हैं तपन जी, कि मिलने ही नहीं आ रहे। इनसे मिलिए ये हैं कुमार लौकिक ड्रेजिंग कॉरपोरेशन के स्टेट हेड।''

तपन ने मुस्कराकर हाथ मिलाया लेकिन बोले कुछ नहीं।

कमरे में फैले काग़ज़ साक्षी के मन में कई सवाल खड़े कर रहे थे। कुमार लौकिक की मौजूदगी में उसने कुछ भी पूछना मुनासिब नहीं समझा और तपन ने भी चेहरे पर कोई भाव लाये बिना दोनों को बैठने का इशारा किया।

''एक बात रह–रह कर परेशान कर रही है।'' साक्षी ने कहा।

कुमार और तपन साक्षी की ओर देखने लगे।

"जब से हम लोग फरक्का हादसे को समझने की कोशिश कर रहे हैं लगातार गाद या रेतभराव का विषय सामने आ रहा है। लेकिन गंगा में गाद आज से नहीं सदियों से आ रही है, सम्भवतः अपनी तय गति से। इसके अलावा भारत की दूसरी नदियों में भी रेत आती ही होगी, यदि उसे रोककर हमने काल को आमन्त्रित किया है तो भारतीय वैज्ञानिक क्या कर रहे थे, वे तो गाद की गणना करके किसी भी बाँध की उम्र बता सकते हैं। वैसे भी बाँध बनने पर उसकी उम्र भी तय की जाती रही है, तो फिर हुआ क्या...शायद गाद अपनी पूर्वनिर्धारित गति के बजाय तेज़ी से बढ़ी हो। मतलब मैं यह समझना चाहती हूँ कि क्या हिमालय ने गाद का उत्पादन कई गुना बढ़ा दिया है।"

कुमार लौकिक कुछ कहना चाहते थे लेकिन तपन ने उन्हें इशारे से रोक दिया।

''यह बात सच है कि हिमालय से गाद की आवक बढ़ी और अच्छी–खासी बढ़ी, इतनी कि सरकार और साइंटिस्ट दोनों ही उसकी वजह और

भयावहता को काफ़ी देरी से समझ पाये।'' तपन बोले। ''लेकिन देखा जाये तो इसकी वजह जानना बेहद आसान है। हुआ यूँ कि टिहरी जैसे कई बाँध हिमालय पर बनाये गये भारतीय क्षेत्र में ही नहीं चीनी क्षेत्र में भी। इनके बनने से जलवायु परिवर्तन के संकेत साफ़ मिलने लगे जैसे हिमालय के ऊपरी क्षेत्र में कई झीलें हैं और वहाँ बादल फटने की घटनाएँ आम हैं उसी तरह इन बाँधों के कारण बनी विशाल झीलों के चलते रिहायशी क्षेत्र में भी बादल फटने की घटनाएँ अक्सर होने लगीं जिसके कारण बर्फ़ और तेज़ी से पिघली जिसके साथ पहाड़ों की मिट्टी बहकर मैदानी भागों में आने लगी। पहाड़ों पर मिट्टी कटाव पहले ही बहुत ज़्यादा था अब इसका परिणाम यह हुआ कि वहाँ के पहाड़ बिना वनस्पतियों के नंगे हो गये। अब नंगे पहाड़ों को रोकने वाली जड़ें ही नहीं रहीं तो उनके ढहने की गति कई गुना बढ़ गयी। रही–सही कसर सड़कों ने पूरी कर दी। पहले पर्यटन के लिए हिमालय पर लगातार पहाड़ काटकर सड़कें बनायी जाती थीं जिससे मलबा नदी में आता था। लेकिन सबसे बड़ी मुसीबत आयी भारत–चीन सीमा के पास, क्योंकि दोनों ही देशों ने सुरक्षा का हवाला देते हुए अन्धाधुन्ध सड़कें बनायीं। नतीजा–गाद और ढेर सारी गाद।''

कुमार बोले, ''यह सही है कि बाँध की उम्र होती है लेकिन रेतभराव ने लगभग सभी बाँधों की उम्र कम कर दी है। टिहरी बाँध को बने क़रीब सत्तर साल हो रहे हैं और अब सरकार ने भी मान लिया कि टिहरी एक भूल थी और उसे हटाने की प्रक्रिया तय करने के लिए कमेटी बनायी जा रही है, अफ़सोस यह है कि हम आपदा के बाद नहीं आपदाओं के बाद सँभलते हैं।''

''हाँ...वैसे भी परिणाम की चिन्ता जीवन का स्वाभाविक गुण नहीं है।'' साक्षी बोलीं।

कुमार लौकिक ने जाने की इजाज़त माँगी। अब कमरे में साक्षी और तपन ही थे। साक्षी का ध्यान एक बार फिर फैले कागज़ों की ओर गया। दोनों की नज़रें मिलीं इससे पहले कि साक्षी कुछ पूछतीं तपन बोले।

''इंटरनेट आज भी सरकारी गज़ेटियर की टक्कर नहीं ले सकता।''

साक्षी अब भी असमंजस में थीं।

तपन धीरे से बोले–"हरिहरपुर मिल गया।"

साक्षी की समझ में नहीं आ रहा था कि क्या बोले।

पहली गिरमिटिया

1857 के गदर के बाद का समय गंगा के दोनों किनारों पर काल बनकर आया। क्रान्ति में भाग लेने वाले और उनकी मदद करने वाले चुन–चुन कर मारे जा रहे थे। चीन और अंग्रेज़ों के बीच चल रहे अफ़ीम युद्ध की बौखलाहट भी आम लोगों पर ही उतारी जा रही थी। किसानों पर तीन तरफ़ा मार थी उन्हें विद्रोही बता कर जेल में डाल दिया जाता और उनकी ज़मीन को धोखे से हड़प लिया जाता। लगान को अनाप–शनाप बढ़ा दिया गया (आमतौर पर यह स्थानीय ज़मींदार और अंग्रेज़ अफ़सर के हाथों में होता, इसका सरकारी व्यवस्था और नीतियों से सीधे तौर पर लेना–देना नहीं था।) किसानों की ज़मीन को अफ़ीम की खेती के लिए ज़बर्दस्ती पट्टे पर लिया जाता फिर उसे अपनी ही ज़मीन पर मज़दूरी करने के लिए मजबूर किया जाता। बनारस के बाद गंगा के दोनों किनारों पर अफ़ीम की खेती के गढ़ थे।

गंगा के उत्तर में बलिया के पास गंगा और सरयू के संगम पर मौजूद था हरिहरपुर गाँव।

कलरवा उर्फ़ कलेवा को ज़मींदार साहब कई बार बुला चुके थे लेकिन वह अपनी झोंपड़ी के सामने उकड़ू बैठा बीड़ी पर बीड़ी फूँके जा रहा था। पूरे तीन घण्टे बाद दाई ने उसके भाग्य फूटने की सूचना दी। वह लड़कियों का बाप बन गया था। जी हाँ, दमयन्ती ने जुड़वाँ बेटियों को जना था। वह कुछ देर यूँ ही बैठा रहा फिर उठा और चल दिया। दमयन्ती और नन्ही जानों को एक नज़र देखने की उसकी इच्छा शायद बची नहीं थी। जाते–जाते उसने पियरी को शाल की तरह अपने गले में डाल लिया, यह धोती वो दमयन्ती के कहने पर ही लाया था, जो बेटा होने पर सरयू माई को भेंट दी जानी थी। जानकी भौजी ने दो दिन पहले ही धोती को हल्दी के पानी में डुबोकर पीताम्बर बना दिया था।

थोड़ी देर बाद कलरवा उर्फ़ कलेवा ज़मींदार के घर के दरवाज़े पर खड़ा था। ज़मींदार गिरिराज सिंह का लड़का उसे देखते ही तेज़–तेज़ गालियाँ बकने लगा। उस बरामदे में बैठा तक़रीबन हर शख़्स उसे खा जाने वाली निगाहों से ताक रहा था। उस पर आरोप भी बेहद गम्भीर क़िस्म के थे। लगान उसने दिया नहीं था। पिछली तीन बार से वह अंग्रेज़ अफ़सर बोल्की साहब के गाँव आने पर दमयन्ती को उनकी सेवा में भेजने से इनकार कर चुका था। कई फ़सलों से सूद नहीं देने के बावजूद उसने अपनी ज़मीन अब तक गिरिराज सिंह के नाम नहीं की थी और सबसे बड़ी बात यह कि उसका मिलना–जुलना उस राजू निषाद के साथ था, जिस पर तीस अंग्रेज़ सिपाहियों को गंगा में डुबोने का आरोप था। बोल्की साहब उस पर थोड़ी दया रखते थे लेकिन जब से उन्हें दमयन्ती के पैर भारी होने की बात पता चली तभी से वे आपे से बाहर थे। गिरिराज सिंह के बेटे कीर्तप्रताप सिंह के नये तेवरों से कलेवा को अन्देशा हो गया कि अफ़ीम की खड़ी फ़सल में आग लगाने का आरोप भी उस पर ही जड़ा जा रहा है, सभी जानते थे कि खेतों में आग राजू के आदमियों ने लगायी थी।

ज़मींदार के घर से काफ़ी देर तक कीर्तप्रताप की आवाज़ें आती रहीं, फिर सबकुछ शान्त हो गया।

उस दिन के बाद से कलरवा को किसी ने नहीं देखा। दमयन्ती के पास बोल्की साहब का पैग़ाम आ चुका था परन्तु पैग़ाम सिर्फ़ उसी के लिए था उसकी बेटियों के लिए नहीं। गिरिराज के कारिन्दे दमयन्ती को बता चुके थे कि कलेवा ने दो फ़सल पहले ही ज़मीन के काग़ज़ पर अँगूठा लगा दिया था। उससे पूरी संवेदना रखते हुए बोल्की साहब का मानना था कि यदि दोनों बच्चियों को जानकी पाल ले तो उसे पूरी ज़मीन भी वापस दी जा सकती है लेकिन दमयन्ती ने साफ़ मना कर दिया। राजू निषाद के डर से दमयन्ती के साथ ज़बर्दस्ती करने से गिरिराज सिंह भी कतरा रहे थे।

वह भादों की कोई रात थी, दमयन्ती दोनों बेटियों को सीने से लगाये लेटी हुई थी, एक अभी–अभी सोयी थी और दूसरी अब भी रो रही थी, आज तीसरा दिन था उसका ताप कम नहीं हो रहा था। कलेवा का कुछ भी पता नहीं था वह अकेले कहीं खोजने भी नहीं जा सकती थी। उसके पास

कोई और रास्ता भी नहीं था। हर दिन बीतने के साथ आशंकाएँ बलवती हो रही थीं। कभी मन करता कि गाँववालों की बात पर ही भरोसा कर ले कि अब कलेवा नहीं आयेगा। डर और उम्मीद के बीच टूटते–सँभलते उसे नींद आ गयी।

एक पहर भी नहीं बीता था कि दरवाज़े पर खटखटाने की आवाज़ हुई, दमयन्ती चौंक के उठ गयी, छोटी भी, जो रो–रोकर थक कर सो चुकी थी, दरवाज़े की आवाज़ से उठ कर फिर रोने लगी। दमयन्ती थोड़ा डर गयी। यह पहली बार था जब आधी रात को वह इस तरह डरी। ऐसा पहले भी कई बार हुआ है लेकिन तब कलेवा साथ होता था।

वह छोटी को गोद में लिए उठी और दरवाज़े के पास जाकर धीरे से पूछा–"के ह।"

"हम हई भौजी।"

उसने दरवाज़ा खोल दिया और भभक कर रो पड़ी, सामने खड़े शख़्स ने आगे बढ़कर छोटी को अपनी गोद में ले लिया। वह राजू निषाद था।

''हम का माफ कर दे भौजी।''

दोनों काफ़ी देर तक चुपचाप खड़े रहे फिर दमयन्ती ने कहा, ''बैठिए रोटी बना देते हैं।''

दमयन्ती ने तुरन्त राख के नीचे दबे कोयले को फूँका और लकड़ियाँ रख दीं।

खाना खाते–खाते राजू की आँखों से आँसू बहने लगे। इससे पहले भी वह कई बार इसी तरह आधी रात को कलेवा के घर आकर खाना खा चुका था। अफ़ीम का खेत जलाने के बाद भागकर वह जंगल में छुपा हुआ था इसलिए उसे गाँव में हुई घटना का पता देर से चला, वह दमयन्ती और उसके बच्चों को अपने साथ ले जाना चाहता था लेकिन ख़ुद उसकी जान का ही कोई भरोसा नहीं था तो इन बेचारों को कहाँ रखता। वह यह भी जानता था कि दमयन्ती की जान को ख़तरा है। हालाँकि राजू के डर से गाँव के लोग दमयन्ती और उसके बच्चों का ख़याल रखते लेकिन गिरिराज के आदमियों की पूरी नज़र दमयन्ती के घर पर रहती। पुलिस हर हाल में राजू को पकड़ना चाहती थी। बोल्की साहब ने उस पर भारी इनाम घोषित कर रखा था।

उस रात चढ़ी हुई सरयू के किनारे दो साये तेज़ी से आगे बढ़े और सरकण्डों के बीच अपना इन्तज़ार करते कुछ लोगों से मिल गये। वे राजू

की कुँवर सेना के ही लोग थे। राजू ने नज़र अपने साथियों पर डाली और खड़ी हिन्दी में दमयन्ती से बोला, "ये लोग तुम्हें कलकत्ता छोड़ देंगे, वहाँ काम मिल जायेगा।"

"आपऊ संगे चलते!"

"अभी तक तो हमें कुँवर सिंह की मौत का बदला ही लेना था, लेकिन अब कलेवा की जान की क़ीमत भी इन हरामियों को चुकानी होगी। जाइए गंगा माई सब ठीक करेंगी।"

यह सम्भवतः उस दौर की पहली घटना रही होगी जब एक औरत अपने नवजातों के साथ इतने लम्बे अनजान सफ़र पर निकली हो। वास्तव में उसे इतना डराया गया था कि अब उसके अन्दर से डर ही ख़त्म हो गया था।

नाव खोल दी गयी। वह एक लकड़ी के फट्टे के मानिंद बह निकली। मँझे हुए माँझियों के तेज़ी से चलते हाथ भी सरयू के तेज के आगे बेबस थे। लेकिन नाव चलाने वाले दोनों माँझी ज़बान और इरादों के पक्के थे। किस्मत ने साथ दिया और बाढ़ से जूझते, हवा के थपेड़े खाते वे लोग तीसरे दिन कलकत्ता पहुँच गये।

यूँ तो रायबहादुर हरिहर प्रसाद सिन्हा डुमराँव रियासत के दीवान थे लेकिन पिछले कई महीनों से कलकत्ता में डेरा डाले हुए थे। कई जहाज़ों के मालिक सिन्हा का व्यापार सीधा–सादा था, वे सरकार से अफ़ीम लेते और चीन भेजा करते। अब पिछले कुछ सालों से चीन और ब्रिटेन के बीच चलते तनाव के कारण अफ़ीम का धन्धा बेहद कम हो गया तो उन्होंने बर्मा, थाईलैंड, फिजी, सूरीनाम, त्रिनिदाद, टोबैगो और ऑस्ट्रेलिया जैसे देशों में मज़दूर यानी गिरमिटिया भेजने का धन्धा शुरू कर दिया। इन देशों में ख़ास तौर पर गन्ने की खेती के लिए मज़दूरों की बड़ी माँग थी। यहाँ भेजने से पहले मज़दूरों के साथ एक एग्रीमेंट साइन किया जाता था जिसमें लिखा होता था कि इनके रहने–खाने का पर्याप्त इन्तज़ाम किया जायेगा हालाँकि ऐसा होता नहीं था। गिरमिटिया शब्द सम्भवतः एग्रीमेंट का ही भोजपुरी संस्करण है। बहरहाल रायबहादुर ने अपने सम्पर्कों का भरपूर इस्तेमाल किया और गिरमिटियों के साथ ही अफ़ीम की खेप भी इन देशों में भेजने लगे।

कलकत्ता से सुनहरे सपनों के झुण्ड के झुण्ड बड़ी–बड़ी नावों में

भरकर दक्षिण–पूर्व की तरफ़ निकल जाते जिनकी कोई शक्ल नहीं होती। वे सिर्फ़ एक डाटा होते जो रायबहादुर की किताब में दर्ज रहते।

दमयन्ती ने वादों की किताब पर अँगूठा लगाया और दोनों बेटियों को, जिनका नाम तक रखने का समय उसे नहीं मिला था, सीने से चिपकाये उस नाव पर सवार हो गयी। उस नाव में दो दिन बाद कोई अजनबी नहीं था। लोग नाच–गाकर अपना दुख भूलाने की कोशिश कर रहे थे और एक–दूसरे का सहारा बने हुए थे। तभी बंगाल की खाड़ी में आयी एक तेज़ समुद्री हवा ने नाव को तक़रीबन आधा पलट कर फिर सीधा कर दिया। पानी में गिरे लोगों को तो वापस नाव में खींच लिया गया लेकिन इस चक्कर में रसद का काफ़ी हिस्सा बह गया।

भूख भी अजीब चीज़ है, पहले मानवता को मारती है फिर मानव को। अब तक एक–दूसरे का सहारा बने लोग भोजन के हिस्सेदार नज़र आने लगे। तूफ़ान ने नाव के साथ–साथ जीवन की दिशा पलट दी। क़रीब 22 दिन भूख और प्यास से व्याकुल लोगों को जब ज़मीन नज़र आयी तो उन्हें खुद के ज़िन्दा होने का एहसास हुआ।

गाँव का मतलब जड़ भी होता है

27 जनवरी, 2075

साक्षी ने दिल्ली से आये मेल का जवाब दे दिया था। अल–सुबह गाड़ी पटना से आगे निकल गयी अब उसने गंगा का उत्तरी किनारा पकड़ लिया था। अमूमन गंगा की सभी सहायक नदियाँ गंगा से उत्तरी किनारे पर ही मिलती हैं इसलिए इस छोर पर गंगा एक्सप्रेस वे जैसा विकास नहीं हो पाया फिर भी सड़क ठीक–ठाक थी। तीन घण्टे की यात्रा के बाद वे लोग गंगा–सरयू संगम पर पहुँचे। संगम क्या था एक अच्छा–ख़ासा बन्दरगाह था जहाँ से बड़ी मात्रा में साजोसामान लादा–उतारा जा रहा था। क़रीब दो किलोमीटर फैले क्षेत्र को क्रांकीट से बेहतरीन इंजीनियरिंग का इस्तेमाल करते हुए बाँधा गया था। इस इलाके को जयप्रकाश नारायण का नाम दिया गया था।

तपन ने एक पुलिसवाले से पूछा–''सर, हरिहरपुर जाना है।''

"तो जाइए!"

"नहीं मेरा मतलब है, उसका रास्ता कहाँ से है?"

"जहाँ से आप आ रहे हैं वह भी रास्ता ही है और जहाँ आप जाना चाहते हैं वहाँ भी रास्ता ही है, कुल मिलाकर सब तरफ़ रास्ते ही रास्ते हैं।" पुलिसवाला अलग ही मूड में था। लेकिन साक्षी पर नज़र पड़ते ही थोड़ा संशय में पड़ा फिर गम्भीर हो गया।

"क्या नाम बताया?"

''जी हरिहरपुर,'' इस बार साक्षी ने जवाब दिया।

"ऐसे किसी गाँव का नाम तो मैंने सुना नहीं, कुछ और बताइए तो आइडिया लगे।"

"ज़्यादा कुछ तो पता नहीं, बिहार राज्य गज़ेटियर के अनुसार इसी संगम पर हरिहरपुर नाम का गाँव था," तपन ने कहा।

"आपकी मदद कोई लोकल ही कर पायेगा, वह भी कोई ऐसा जो यहाँ के इतिहास और भूगोल से भी परिचित हो।" कहते हुए उसने किसी जाती हुई कार की ओर देखकर ज़ोर से आवाज़ लगायी, "पत्रकार बाबू।"

फिर तपन की ओर देखकर बोला, "आपकी किस्मत अच्छी है।"

तक़रीबन पचास साल के अरुणोदय दिल्ली के कई मीडिया संस्थानों में काम कर चुके थे, वहाँ से ऊब कर छपरा वापस आ गये और अब अपना साप्ताहिक टेबलॉयड निकालते थे। हर क्षण अपडेट रहने के दौर में भी लोगों को उनके टेबलॉयड 'रायजनिंग बिहार' का इन्तज़ार रहता, ख़ासतौर पर सरकारी महकमे को। उनकी शोधपरक ख़बरों के कारण कई नौकरियाँ जा चुकी थीं।

सारी बात जानने के बाद चाय का घूँट लेते हुए अरुणोदय ने कहा– एक समय था जब इस इलाके में मौजूद हर शख़्स स्थानीय ही होता था लेकिन वाटर वेज के डेवलप होने के बाद बड़ी संख्या में दूसरे राज्यों से लोग आये। जयप्रकाश रिवर डेवलपमेंट एरिया में भी नब्बे फ़ीसद रोज़गार बाहरी लोगों को ही है। स्थानीय लोग आज भी हैं लेकिन खेती ख़त्म होने के कारण नदी तट पर नहीं बसते, काफ़ी पीछे हो गये। इस पीछे होती बसाहट के साथ कई गाँव अपना नाम और परम्पराएँ भी पीछे छोड़ गये। अब तो जयप्रकाश नारायण के गाँव सिताब दियारा का भी नाम ही नाम बचा है, गाँव तो कभी का नदी में समा गया। ऐसे कितने ही गाँव रहे होंगे जिनके साथ किसी नेता का नाम नहीं जुड़ा, वे सब कटाव के चलते नदी का हिस्सा बन गये। उन गाँवों में रहने वाले या बाद में अपने गाँव को याद करने वाले सभी लोग चल बसे। कटाव ने इस इलाके का बड़ा नुक़सान किया। गंगा–सरयू में कटान तेज़ होता गया और उनका पाट फैलता रहा। दियारा में ज़मीन और फ़सल पर क़ब्ज़े की लड़ाई को लेकर जाने कितनी जानें गयीं।''

उन्होंने साक्षी की ओर अचरज भरी नज़र से देखा।

''आप उन्नीसवीं शताब्दी का हरिहरपुर ढूँढ़ रहे हैं। यहाँ लोग उन गाँवों में दोबारा नहीं जाना चाहते जहाँ उन्होंने जीवन का ककहरा सीखा है और एक आप हैं जो अपनी जड़ों की तलाश में यहाँ तक आ गयीं।''

कुछ देर चुप्पी के बाद अरुणोदय ने कहा, "जितना मैं जानता हूँ इस नाम का कोई गाँव नहीं है, लेकिन आप कुछ और बतायें तो मैं कोशिश कर सकता हूँ आपको उसके आसपास पहुँचाने की। आज आराम कीजिए कल पता करने की कोशिश करते हैं।"

अरुणोदय के घर पर रुकने के निमन्त्रण के बाद भी साक्षी ने सरकारी गेस्ट हाउस में रुकना तय किया।

गुलाम शास्त्रों में जगह नहीं पाते

28 जनवरी, 2075

सुबह का नाश्ता अरुणोदय के घर पर ही था। उनकी आत्मीयता ने साक्षी, तपन, सुब्रतो सभी का दिल जीत लिया था। साक्षी के साथ अब अन्य सभी को भी हरिहरपुर के बारे में जानने की लालसा थी।

साक्षी ने कहानी शुरू की।

अब से क़रीब दो सौ साल पहले दमयन्ती नाम की एक महिला यहाँ से पानी के रास्ते सम्भवतः थाईलैंड की तरफ़ चली लेकिन उनकी नाव तूफ़ान में फँस गयी; इसके बाद काफ़ी दिन दमयन्ती और उसका दल भूख–प्यास से व्याकुल भटकता रहा। कहा जाता है बाईसवें दिन उन्हें ज़मीन दिखायी दी। लेकिन मुसीबतें अब भी ख़त्म नहीं हुई थीं। जिस तट पर नाव लगी वह इलाका बर्मा और थाईलैंड का सीमावर्ती इलाका था और वहाँ रोहिंग्या मुस्लिम लुटेरों का आतंक था। नाव ने ज़मीन को छुआ और सभी को घेर लिया गया। जब चिथड़ों में लिपटे इनसानी शरीरों के अलावा उन्हें कुछ न मिला तो वे भी मन मसोस कर रह गये। जब ज़मीन पर उतरे तो दमयन्ती को एहसास हुआ कि जिन दो हड्डियों के ढाँचों को उसने सीने से चिपकाया हुआ है उनमें से एक में ही जान बची है। परिस्थितियों ने उसे दुखी होने और रोने का भी समय नहीं दिया, वह जानती थी कि छोटी वाली बेहद कमज़ोर है, जब नन्ही जान ने पूरी कोशिश कर ली तब सूखी छातियों के आगे उसके छोटे मसूड़े हार गये।

उन लुटेरों ने खाना तो मुहैया कराया लेकिन सभी को गन्ने की खेती और अफ़ीम तस्करी के धन्धे में लगा दिया। वे वहाँ दो मुट्ठी चावल के मज़दूर थे।

उन्हीं लुटेरों में एक था रईस ख़ान। रईस ख़ान और दमयन्ती के बीच

एक रिश्ता पनपने लगा। रईस अकेला था और दमयन्ती पिछला सब कुछ भूल जाना चाहती थी। लम्बी क़द–काठी के रईस बाबा दमयन्ती की बेटी के बाप बन गये। दमयन्ती ने बेटी का नाम रखा 'गंगा'। गंगा ने जवान होकर आज के म्याँमार और तब के बर्मा में जियावद्दी गाँव की नींव रखी और वहाँ पहला स्कूल खोला जिसमें लड़कियाँ भी पढ़ सकती थीं।

अरुणोदय साक्षी को टोकना नहीं चाहते थे फिर भी उनके मुँह से सहसा निकला–"लुटेरे की बेटी ने स्कूल खोला वह भी दो सौ साल पहले और तो और लड़कियों की शिक्षा, ताज्जुब है, नहीं!"

साक्षी कुछ पल के लिए चुप हो गयी, अरुणोदय को लगा उसने कुछ ग़लत कह दिया–"मेरा वो मतलब नहीं था", उसने सफ़ाई देनी चाही।

साक्षी ने हाथ के इशारे से उन्हें रिलेक्स किया और बोली, "इस बात को समझने के लिए थोड़ा और पीछे जाना होगा। वास्तव में रोहिंग्या मुसलमान हमारी आपकी तरह ही गंगा के बेटे हैं, अभागे बेटे।

"क़रीब हज़ार साल पहले या उससे भी पहले सम्भवतः महमूद गजनवी के आगमन के आसपास पूर्वी भारत में भारी उथल–पुथल रही। पाल वंश का पूर्वी भारत पर शासन था, वे बौद्ध थे। वह वो दौर था जब राजपूत और दूसरे हिन्दू सरदार एकजुट हो रहे थे और मुस्लिम आक्रमणकारियों को गंगा के मैदान में भारी टक्कर दे रहे थे। पाल राजाओं ने उन मुस्लिम व्यापारियों को निशाना बनाना शुरू किया, जो आक्रमणकारियों को मदद दिया करते थे। उसी समय बंगाल की धरती से व्यापारियों का एक दल अपने व्यापारिक जहाज़ से म्याँमार में अराकान नाम की जगह पर पहुँचा। वहाँ उन्हें आसरा मिल गया क्योंकि वहाँ का राजा तैमूर क़बीले का वंशज था।

"वही क़बीला जिससे मुग़ल साम्राज्य निकला," साक्षी ने समझाने के अन्दाज़ में हाथ हिलाये। "फिर हुआ यूँ कि अराकान राजाओं की छत्रछाया में रोहिंग्या मुस्लिम व्यापारी फले–फूले और निरंकुश हो गये। उन्होंने वहाँ स्थानीय लोगों को अपना गुलाम बनाना शुरू कर दिया। हालाँकि यह स्थिति थोड़े समय ही रही, धीरे–धीरे रोहिंग्या ने व्यापार पर पकड़ भी खो दी और ग़रीब होते चले गये।

"वक़्त पलटा और 18वीं सदी 1785 में म्याँमार में बौद्ध शासन हो गया और अराकान में भी बौद्धों का क़ब्ज़ा हो गया। इसके बाद उन्होंने रोहिंग्या मुसलमानों का क़त्लेआम शुरू कर दिया। उस समय हज़ारों

रोहिंग्याओं को मार दिया गया। तत्कालीन सरकार ने उन्हें म्याँमार का नागरिक मानने से भी इनकार कर दिया चाहे उन्हें वहाँ रहते कई सदियाँ ही क्यों न बीत गयी हों। बौद्धों और रोहिंग्याओं के बीच टकराव आम बात हो गयी। उस समय हज़ारों रोहिंग्या भागकर वापस बंगाल आये जो उस समय ईस्ट इंडिया कम्पनी के शासन में था। हालाँकि कुछ समय बाद स्थिति थोड़ी सामान्य हो गयी क्योंकि एंग्लो–बर्मीज युद्ध के बाद अराकान पर अंग्रेज़ों का क़ब्ज़ा हो गया और अंग्रेज़ों की सहायता से रोहिंग्या फिर से बस गये। दूसरे विश्वयुद्ध के दौरान रोहिंग्या मुसलमानों ने अंग्रेज़ों के लिए जापानियों की जासूसी की, जिसका पता चलने पर म्याँमार और जापान ने उन्हें यातनाएँ दी। अंग्रेज़ अब इतने सक्षम नहीं रह गये थे कि उनकी मदद करते। बीसवीं सदी के मध्य में इन यातनाओं के बाद रोहिंग्या अराकान सहित अपने सभी पुराने ठिकाने छोड़कर भागे और समुद्र के किनारे रहने लगे। आज भी बहुत से रोहिंग्या समुद्र में अपनी नावों में रहते हैं और वे विश्व में किसी भी देश के नागरिक नहीं हैं। देश क्या, ग़रीब की तो कोई जाति, मज़हब या धर्म भी नहीं होता।

''बस इसी उठापटक के दौर में, शायद 19वीं सदी का अन्तिम दशक रहा होगा, जब रईस बाबा, दमयन्ती और गंगा सहित सैकड़ों बिहारी–बंगाली मज़दूरों ने म्याँमार के बगो क्षेत्र के जियावद्दी में अपना ठिकाना बना लिया। गंगा को अपने अधिकारों को पाने की उम्मीद शिक्षा में नज़र आयी और उसने वहाँ एक स्कूल शुरू किया। हालाँकि जियावद्दी में रोहिंग्या बहुत कम बचे थे। शिक्षा आज भी उनके लिए दूर की कौड़ी है, जाने–अनजाने वे लोग अपने मामूली फ़ायदों के लिए आतंकवादियों की भी मदद करते हैं, क्योंकि इतने सालों में रोहिंग्या समुद्र के अच्छे जानकार हो गये हैं।

''उसी दमयन्ती की एक शाखा आज आपके सामने है और अपनी जड़ों को देखना चाहती है। मैं उन लोकगीतों की ज़मीन देखना चाहती हूँ जिसे गुनगुनाती हुई बड़ी हुई हूँ, उस गंगा–सरयू को देखना–समझना चाहती हूँ जिसने मेरे जीवन की दिशा तय की।''

साक्षी की कहानी सुनकर सभी चुप थे, वे एक–दूसरे से बात करने से कतरा रहे थे, शायद ख़ुद से बातें कर रहे थे।

लंच तक आपस में बेहद हल्की–फुल्की बातचीत होती रही। तपन सोच रहे थे कि कैसे साक्षी को हौसला दें कि वह अपनी मंज़िल

तक ज़रूर पहुँचेगी और अरुणोदय के दिमाग़ में चल रहा था कि अब आगे क्या? इस पूरी कहानी से ये तो पता नहीं चलता कि हरिहरपुर वास्तव में है कहाँ? सुब्रतो ने मन बना लिया था कि वे सरकार में अपने सम्बन्धों की मदद से पता करने की कोशिश करेंगे कि हरिहरपुर का हुआ क्या?

साक्षी ने कहीं न कहीं उनके मनोभावों को पढ़ लिया–इससे ज़्यादा मुझे पता नहीं है। फिर फ़ीकी मुस्कान के साथ बोलीं–गुलाम शास्त्रों में जगह नहीं पाते, वे साहित्य नहीं रचते उनका दुःख–दर्द और इतिहास सब कुछ लोकगीतों में बयाँ होता है या उन क़िस्से–कहानियों में जो वे पीढ़ी–दर–पीढ़ी सुनते आते हैं।''

अरुणोदय ने तपाक से कहा, ''तो चलिए क़िस्से–कहानी ही सुनते हैं, शायद कुछ निकल आये।''

उनकी बात सुन कर सभी मुस्करा दिये।

साक्षी ने कहा, ''एक क्रान्तिकारी की कहानी अक्सर सुनी है–राजू निषाद। सुना है उन्हें अंग्रेज़ों ने गाँव के चौराहे पर फाँसी दी थी। उन्होंने ईस्ट इंडिया कम्पनी के कई सैनिकों को गंगा में डुबो दिया था।''

अरुणोदय ने उत्साह से कहा, ''ऐसे क़िस्सों से तो गंगा तट भरा पड़ा है। होता यूँ था कि क्रान्तिकारियों के दमन के लिए अंग्रेज़ सिपाहियों को गंगा पार करनी होती थी और उसके लिए निषादों की मदद की ज़रूरत होती। निषाद उन्हें नाव में बैठाते और बीच धारा में ले जाकर नाव डुबो देते। ऐसी घटनाएँ कई बार हुईं तो अंग्रेज़ों को निषादों से डर लगने लगा, बाद में अंग्रेज़ों ने उनका दमन भी किया। निषादों को अपनी सामाजिक पहचान के लिए आज़ाद भारत में भी लम्बी लड़ाई लड़नी पड़ी।''

"अंग्रेज़ों से लड़ने वालों को सामाजिक पहचान के लिए लड़ना पड़ा, मैं समझी नहीं मतलब कैसे?"

"घुमक्कड़ जातियों सहित निषादों की कुछ उपजातियाँ जो अंग्रेज़ों से लड़ी थीं, संघर्ष के साथ–साथ ये जनजातियाँ स्वतन्त्रता सेनानियों के लिए अपेक्षित ख़ुफ़िया सूचना पहुँचाने और रसद आदि की आपूर्ति का काम भी करती थीं। औपनिवेशिक भारत में ब्रिटिश सरकार ने इन जातियों को आपराधिक जनजाति अधिनियम पारित करके जन्मजात अपराधी घोषित कर दिया।

''अब इसका फ़ायदा अंग्रेज़ों को यह हुआ कि इन जातियों को

अपराधी घोषित करके स्वाधीनता की ख़ातिर होने वाले इनके विद्रोहो की वैधानिकता ख़त्म कर दी गयी और मुख्यधारा के समाज को इनसे दूर कर दिया गया। सम्बन्धित क़ानून के कारण जनजातियों की छोटी रियासतों की वैधता भी जाती रही। साथ ही ब्रिटिश सरकार को क़ानून–व्यवस्था की अपनी नाकामियों को इन जनजातियों के सिर मढ़ने का मौक़ा भी मिल गया।

"विडम्बना यह कि आज़ाद भारत की सरकारों को भी यह समझने में बहुत समय लग गया।"

"हूँ... लेकिन मैं जिस राजू निषाद की बात कर रही हूँ उन्होंने गाँव के ज़मींदार को उसके अफ़ीम के खेत में ही ज़िन्दा जला दिया था–अब पता नहीं ये बात कितनी सच है, लेकिन मेरे सामने इतनी बार दोहरायी गयी है कि सच ही लगती है।"

"यह सच हो सकता है"–अरुणोदय ने कहा, "1857 के गदर में बिहार का नेतृत्व कुँवर सिंह ने किया था और कुँवर सिंह को सबसे ज़्यादा मदद निषादों से ही मिली थी। उस समय कुँवर सिंह का विरोध करने वाले कुछ ज़मींदारों पर भी हमला हुआ था।"

तपन के पास जो ग़ज़ेटियर की कॉपी थी उसके हिसाब से हरिहरपुर यहीं कहीं था लेकिन तब से अब तक गंगा–सरयू संगम इतना ज़्यादा बदल चुका है कि उस स्थान की पहचान कर पाना असम्भव साबित हो रहा था। बलिया–छपरा–भोजपुर के अलावा नये और पुराने नक़्शों में कोई समानता नहीं थी। दो सौ सालों में नदी क्या बदली सब कुछ बदल गया।

नींद अपने बिस्तर पर ही आती है

29 जनवरी, 2075

यह सुबह कुछ अलग थी, कुछ अजीब, कुछ अच्छी–सी मानो सुखद एहसास में डूबी एक सुबह।

साक्षी उठी तो उसकी पेशानी पर पसीना नहीं था। आज उसे सपना नहीं आया, उसे लगा मानो नीम बेहोशी से उठी हो। वह काफ़ी देर बिस्तर पर यूँ ही बैठी रही। उसे अच्छी तरह याद है ऐसा पहले कभी नहीं हुआ। वह दूर बहती सरयू को देखने लगी, घड़ी पर नज़र गयी तो देखा नौ बज रहे थे, वह महसूस कर पा रही थी कि नींद आना किसे कहते हैं।

अरुणोदय रूम में इन्तज़ार कर रहे थे, तपन और सुब्रतो को वहाँ न पाकर उसे थोड़ा अजीब लगा। वे दोनों अक्सर उससे पहले ही उठ जाते हैं और आज तो...

अरुणोदय शायद उसके मनोभावों को समझ गये, बोले, "तपन और सुब्रतो पटना गये हैं, शाम तक लौटेंगे।" साक्षी सोच रही थी–आज का दिन ही आश्चर्य से भरा मालूम होता है, तपन और सुब्रतो वह भी एक साथ।

"लेकिन क्यों?" उसने पूछा।

"सुब्रतो ने पटना में कुछ जानकारी जुटायी है, अपने सोर्सेस से। उन्हें भरोसा है कि वे हरिहरपुर के बारे में जान लेंगे।"

चाय पीते–पीते अरुणोदय ने पूछा, "आप अब भी जियावद्दी में रहती हैं?"

"नहीं, मैं तो तीन या चार बार ही जियावद्दी गयी हूँ... मेरे दादाजी मॉरिशस में बस गये थे इसलिए मेरी शिक्षा वहीं से हुई। लेकिन हरिहरपुर की तलाश की शुरुआत जियावद्दी से ही होती है।"

"लेकिन कल आपकी बातें सुन कर लगा जियावद्दी आप में और आप जियावद्दी में साँस लेते हैं।"

"मैं ही क्या जियावद्दी में तो एक पूरा बिहार ही बसता है।

"जियावद्दी आज भी गिरमिटिया मज़दूरों के वंशजों से आबाद है जो गंगा के रास्ते बहते हुए वहाँ तक पहुँचे। जियावद्दी के लोगों का मुख्य काम खेतीबाड़ी है। कई लोग फुटकर व्यापार भी करते हैं। कुछ शिक्षक हैं और कुछ हिन्दुस्तानी ढाबे भी चलाते हैं यानी सबकुछ वैसा ही जैसा किसी भी छोटे–मोटे क़स्बे में होता है। 1880 के दशक में आरा ज़िले के डुमराँव के जागीरदार राजा केशव प्रसाद सिंह की सेवा से ख़ुश होकर अंग्रेज़ों ने उन्हें तब भारत का हिस्सा रहे म्याँमार में इस इलाके की 20 हज़ार एकड़ जंगली ज़मीन 99 साल के पट्टे पर दी थी। इस ज़मीन को खेती लायक बनाने के लिए बड़ी तादाद में मज़दूरों की ज़रूरत थी। इसके लिए डुमरॉव रियासत के दीवान रायबहादुर हरिहर प्रसाद सिन्हा ने आरा, बिहिया, बक्सर, मोतिहारी आदि क्षेत्रों से साढ़े तीन हज़ार किसानों को यहाँ पहुँचा दिया। क्या पता दमयन्ती भी इन्हीं के माध्यम से जहाज़ पर चढ़ी हो, उस समय वही सबसे बड़े गिरमिटिया सप्लायर थे, मैंने काफ़ी ढूँढ़ा पर अब उनका कोई रिकॉर्ड नहीं मिलता। सिन्हा ने किसानों को खाना, कपड़ा, रिहायशी ज़मीन और ख़र्च देने तथा शिक्षा व दवा सुलभ कराने का वादा किया था। इस क्रम में दीवान और तत्कालीन बंगाल सरकार के बीच शर्तनामा भी बनाया गया। उसकी एक–एक प्रति किसानों को भी दी गयी। फिर उन्हें सपरिवार जहाज़ से रंगून पहुँचा दिया गया। रंगून में दीवान के ठेकेदारों ने किसानों से शर्तनामा ले लिया। उनसे किये गये वादे भी पूरे नहीं किये गये। उसके बाद भी और किसान लाये गये। इन्हीं लोगों ने मिलकर जियावद्दी को आबाद किया।"

"अरुणोदय ने कहा, "इस सदी की शुरुआत में जब उदारीकरण और वैश्वीकरण का नारा बुलन्दी पर था, उस समय की कई कहानियाँ पढ़ने को मिलती हैं जिनमें लोग अपने पूर्वजों की तलाश में भारत आये।"

पिछले दो दिनों से साक्षी अपनी ही तलाश में इतना डूब गयी थी कि उसे यह भी याद नहीं रहा कि वह किस काम से भारत आयी थी या शायद यही उसकी प्राथमिकता थी। तपन और सुब्रतो के जाने के बाद अरुणोदय कुछ और बात करने का मौक़ा ही नहीं दे रहे थे। अरुणोदय को पता भी नहीं था कि साक्षी के भारत आने का कोई सरकारी उद्देश्य भी है।

दोपहर के खाने से पहले अरुणोदय और साक्षी आसपास के इलाकों में घूमने निकल गये। साक्षी ने सरयू के किनारे भी फूलों की खेती देखी तो

मुस्करा दी, उसे उन फूलों की बेरंगी नज़र आ रही थी। उनकी कोशिश थी कि कोई हरिहरपुर के बारे में कुछ बता दे। नदी तट पर आर्थिक गतिविधियाँ ज़ोरों पर थीं। यह क्षेत्र कभी दियारा कहा जाता था अब नदियों को मैनेज कर लिया गया है तो दियारा अपने आप ख़त्म हो गये। पहले दियारा बड़े पैमाने पर चरागाहों का काम करते थे लेकिन अब तो मिल्क भी ऑर्गनाइज्ड सेक्टर का हिस्सा है इसलिए गाँवों के ऊपर पशुधन का बोझ नहीं है।

यूँ ही भटकते काफ़ी देर हो गयी, साक्षी की नज़र किसी छतरी जैसे निर्माण पर पड़ी, वह बेहद जर्जर और पुराना चबूतरा था, उसकी चिकनाहट और हरापन बता रहे थे कि वो काफ़ी समय से नदी का ही हिस्सा है, पानी घटने की वजह से चबूतरा पानी के बाहर आ गया था।

"कोई पुराना मन्दिर लगता है"–साक्षी ने कहा। अरुणोदय कुछ देर उस ढाँचे को देखते रहे फिर बोले, "भारत में आमतौर पर मन्दिरों के गुम्बद गोलाई लिए या तिकोने होते हैं, ये तो समाधि जैसा कुछ लग रहा है। फिर कुछ सोचते हुए बोले, "चलिए कुछ देर वहीं बैठा जाये।"

क़रीब दो सौ मीटर चलते हुए दोनों उस चबूतरे तक पहुँच गये। चबूतरे का ऊपरी हिस्सा कुछ साफ़ था। चॉक या ईंट से खींची लाइनें नज़र आ रही थीं। चबूतरा लड़कों के चौसर या जुआ खेलने के लिहाज़ से मुफ़ीद था। अरुणोदय ने साक्षी को सहारा देकर चबूतरे पर बैठा दिया लेकिन ख़ुद खड़े रहे। साक्षी सरयू के बेहद क़रीब थी। ख़ुद अरुणोदय भी काफ़ी समय के बाद नदी के इतने पास आये थे। चबूतरा साधारण पत्थर का बना हुआ था। उसके बायीं ओर संगमरमर की छोटी–सी नामपट्टिका जैसी टाइल लगी हुई थी। सालों तक पानी में डूबे रहने के कारण छेनी से लिखा गया नाम साफ़ हो चुका था। अरुणोदय ने संगमरमर की पट्टिका को हाथों से साफ़ किया जब कुछ समझ नहीं आया तो हाथ साफ़ कर फिर सरयू को देखने लगे। काफ़ी देर वे दोनों यूँ ही बैठे रहे। साक्षी आँखें बन्द किये बैठी थी और अरुणोदय चबूतरे का सहारा लेकर खड़े थे और सरयू महसूस कर रहे थे। तभी तपन का मैसेज साक्षी की घड़ी पर चमकने लगा, वह और सुब्रतो वापस आ गये थे। साक्षी का मन अब भी वापस जाने का नहीं था। वह चबूतरे से उतरी और दीवार का सहारा लेकर खड़ी हो गयी। उसकी उँगलियाँ उसी संगमरमर के पत्थर पर टहल रही थीं।

अचानक साक्षी को अपने अन्दर एक सिरहर–सी महसूस हुई। वह धीरे लेकिन उतावली आवाज़ में बोली–अरुणोदय।

अरुणोदय ने साक्षी की तरफ़ देखा, वह डरी हुई थी और संगमरमर के छोटे–से पत्थर को देख रही थी। अरुणोदय को कुछ समझ नहीं आया, उसने भी पत्थर पर उँगलियाँ फिरायीं, उसके रोंगटे खड़े हो गये, पत्थर पर लिखे हुए को वह महसूस कर पा रहा था–वीर सेनानी बाबा राजू निषाद।

साक्षी की आँखों से आँसू बह रहे थे, उसे लगा दमयन्ती उसकी आँखों के सामने खड़ी है... दमयन्ती का चेहरा लगातार बदल रहा था, कभी नानी जैसा, कभी माँ जैसा और कभी बिल्कुल साक्षी की तरह।

वहाँ बैठे काफ़ी देर हो गयी। अरुणोदय कुछ भी कहने से बच रहे थे। अँधेरा होने को आया, अरुणोदय साक्षी का हाथ पकड़ कर सड़क की ओर चलने लगे, उनकी समझ में नहीं आ रहा था इतने सालों की स्थानीय पत्रकारिता के बाद भी उन्होंने कभी राजू निषाद का नाम क्यों नहीं सुना।

वह तलवार पुरानी थी

ठण्ड बढ़ रही थी। अलाव जल चुका था। सभी की निगाहें सुब्रतो की तरफ़ थीं।

सुब्रतो के पास कुछ कागज़ थे, "इतिहास वह आईना नहीं बन सकता जिसमें भविष्य अपना चेहरा देखे, भले ही उस भविष्य को बनाने में इतिहास मिट ही क्यों न गया हो।" अपने दार्शनिक लहजे पर सुब्रतो थोड़ा झेंपे, फिर सँभलकर बोले, ''आज भी पुरातन विभाग के पास ऐसे काग़ज़ों की भरमार है जिनका डिजिटलाइजेशन नहीं किया गया है। मेरे एक साथी ने स्वतन्त्रता सेनानी कुँवर सिंह पर पीएच.डी. की थी जिसमें उन्होंने कहीं राजू निषाद का नाम सुना था। संयोग से मेरी बात हुई और ये काग़ज़ हमें मिल गये।

''1857 के बाद के दौर में सम्भवतः सबसे बड़ी लड़ाई गंगा तट पर ही लड़ी गयी। जब क्रान्ति हुई तो कुँवर सिंह की उम्र क़रीब 80 साल की थी, उस उम्र में भी उन्होंने घोड़े पर बैठकर कुछ सीधी लड़ाइयों में हिस्सा लिया। वे गंगा के दक्षिणी तट पर मौजूद भोजपुर के राजसी खानदान से थे लेकिन राजा एक छोटी–सी रियासत जगदीशपुर के थे।

''29 मार्च, 1857 को मंगल पाण्डेय ने बैरकपुर में बंगाल नेटिव इन्फेंट्री की 34वीं रेजीमेंट से विद्रोह का बिगुल बजा दिया। उसके बाद क्रान्तिकारियों ने सैनिकों के बीच सुलग रही इस चिनगारी को देशभर की छावनियों के सैनिकों के बीच आग में तब्दील करने का फ़ैसला किया। पटना दानापुर की सैनिक छावनी में विद्रोह हो गया लेकिन कोई योग्य नेता उनके पास नहीं था। सारे सैनिक जगदीशपुर की तरफ़ कूच कर गये, कुँवर सिंह से बेहतर उनके पास कोई विकल्प नहीं था।

''जब क्रान्ति का निशान कमल और रोटी का सन्देश उन तक पहुँचा तो वे इसमें शामिल होने के लिए तैयार हो गये। आम जनता तो इन

सबसे दूर ही थी लेकिन गंगा तट के निषादों ने कुँवर का साथ देने का मन बना लिया क्योंकि उनके आपसी सम्बन्ध काफ़ी पुराने थे। नाविकों, सैनिकों ने साथ मिलकर सबसे पहले आरा में अंग्रेज़ों के ख़ज़ाने पर क़ब्ज़ा किया ताकि लम्बी लड़ाई के लिए तैयार हुआ जा सके। कुँवर सिंह को ये पता था कि अंग्रेज़ों से सीधी लड़ाई नहीं लड़ी जा सकती। उनके पास ज़्यादा सेना, ज़्यादा हथियार, ज़्यादा आधुनिक हथियार और गोला बारूद थे। इसलिए उन्होंने शिवाजी की तरह छापामार या गोरिल्ला युद्ध की रणनीति अपनायी। उनके छापामार हमलों में गंगा और उसमें तैरती नावों की अहम भूमिका थी। अंग्रेज़ सैनिक अपने छोटे कैम्प नदी किनारे लगाते और रात में उन पर पानी की तरफ़ से ही हमला हो जाता। ऐसे वक़्त में जब 1857 के बड़े–बड़े सूरमा धराशायी हो गये, या जल्द ही गिरफ़्तार हो गये, कुँवर सिंह उन दो–तीन योद्धाओं में शामिल थे, जो अपनी लड़ाई एक साल से ज़्यादा समय तक खींचने में कामयाब रहे और अंग्रेज़ों की पकड़ में नहीं आये।

''अंग्रेज़ कप्तान डनबार को कुँवर सिंह के साथी कई बार चकमा दे चुके थे, इस बार वह बड़ी सेना लेकर आया तो कुँवर सिंह गंगा के उत्तर जाकर दियारा में छुप गये। अंग्रेज़ों ने किनारे खड़ी नावों पर क़ब्ज़ा किया और उस पार जाने के लिए गंगा में नावें उतार दीं। जैसे ही वे बीच धारा में पहुँचे, छोटे से टापू के किनारे घात लगाये बैठे राजू निषाद और उसके आदमियों ने अंग्रेज़ों पर हमला कर दिया, देखते–ही–देखते डनबार सहित उसके सारे सैनिक गंगा में समा गये।

''कुँवर सिंह ने अंग्रेज़ों को कई बार अपनी छापामार रणनीति से हराया। 1858 की जनवरी में वे गाजीपुर के पास शिवराजपुर में थे, अंग्रेज़ सेनापति डगलस उन्हें सीधी लड़ाई में मारना चाहता था, कुँवर सिंह ने डगलस के खेमे में ग़लत ख़बर भिजवायी कि वो बलिया के पास हाथियों पर बैठकर सेना पार करायेंगे। सूचना मिलते ही डगलस ने अपने सैनिकों को बलिया में गंगा किनारे तैनात कर दिया उधर कुँवर सिंह नावों से शिवराजपुर पार करने लगे। शिवराजपुर के पार ही जगदीशपुर था और कुँवर सिंह एक बार घर जाना चाहते थे। किसी तरह यह सूचना भी डगलस को मिल गयी और वह बौखलाया–सा शिवराजपुर पहुँचा। उस समय आख़िरी नाव में खुद कुँवर सिंह गंगा पार कर रहे थे। डगलस ने निशाना लगाया और गोली सीधे उनके बायें हाथ में लगी। उस नाव

को राजू निषाद चला रहा था, उसने नाव को तेज़ी से खेना जारी रखा लेकिन गोली अपना काम कर रही थी और ज़हर शरीर में फैलने लगा तब कुँवर सिंह ने अपनी तलवार राजू के हाथ में दी और अपना हाथ काटने को कहा। राजू को अन्ततः अपने कुँवर की आज्ञा का पालन करना पड़ा। हाथ कट गया। राजू उन्हें लेकर जगदीशपुर पहुँच गया। कुँवर सिंह अपने महल तो पहुँच गये लेकिन बुढ़ापे से जूझ रहे शरीर में गोली का ज़हर अपना काम कर चुका था।

"कहते हैं इसके बाद राजू निषाद और उसके साथियों ने कुँवर के नाम पर ही अपनी सेना का नाम रखा और अंग्रेज़ों और भ्रष्ट ज़मींदारों के ख़िलाफ़ लड़ाई जारी रखी। अंग्रेज़ सरकार ने उसकी फाँसी का आदेश जारी किया जिसमें उसके गाँव का नाम हरिहरपुर था। उसका नाम क्रान्तिकारियों में इसलिए दर्ज नहीं हुआ क्योंकि सरकारी काग़ज़ों में उसे एक डाकू के तौर पर दर्शाया गया था।"

पूरी कहानी सुनाने के बाद सुब्रतो ने तपन की ओर देखा।

तपन बोले, "यह तो साफ़ है कि हम इस समय हरिहरपुर या उसके आसपास के किसी गाँव में हैं, लेकिन यदि बाबा राजू निषाद की समाधि को माना जाये कि वह या तो उनके खेत में या गाँव के चौराहे पर बनी होगी तो इसका मतलब है हरिहरपुर अब सरयू के नीचे है।"

"मुझे भी ऐसा ही लगता है"–साक्षी की आवाज़ में एक सन्तुलन था। इसके बाद वह कई घण्टों तक एक शब्द भी नहीं बोली।

अरुणोदय भी आज गेस्ट हाउस में ही रुक गये थे। अगले दिन उनके टेबलॉयड का एडिशन आना था, जिसके लिए वे अपने साथियों से लगातार बात कर रहे थे।

सुख्खीलाला का बैंक

30 जनवरी, 2075

साक्षी आज फिर पहले वाली साक्षी बन गयी थी। आत्मविश्वास से भरी हुई और अपने काम के प्रति समर्पित। वह आज शाम बनारस को देखना चाहती थी। नाश्ते की टेबल पर सभी लोग पहले ही मौजूद थे। कोई भी कुछ बोलने से पहले साक्षी का मूड भाँप लेना चाहता था। साक्षी ने इशारे से दीपेश को बुलाया और साथ में नाश्ता करने को कहां। यह पहली बार था जब ड्राइवर दीपेश सबके साथ बैठकर चाय पी रहा था, हालाँकि वह संकोचवश कुछ भी कहने से बचता रहा।

"आप लोगों ने मेरे सपने को अपनी आँखों में जगह दी... थैंक यू..."

कहते हुए साक्षी ने आँखों में आते पानी को रोक दिया।

माहौल को बदलने के लिहाज़ से अरुणोदय ने अपने टेबलॉयड का नया संस्करण साक्षी की तरफ़ बढ़ा दिया। साक्षी भी चाय पीते–पीते पन्ने पलटने लगी।

एकाएक सम्पादकीय पेज के एक लेख ने साक्षी को चौंका दिया मानो वह गहरे पानी में डुबकी लगाकर अभी–अभी बाहर आयी हो।

लेख टेबलॉयड के सम्पादक अरुणोदय का ही था–'अलनीनो नहीं, विश्व बैंक है फरक्का का गुनहगार।'

साक्षी ने बिना कुछ कहे पढ़ना शुरू किया, पिछले चार दिनों में वह एक बार भी इस बारे में सोच नहीं पायी थी।

पिछले दिनों सरकार ने अलनीनो को भारत सहित विश्व की कई आपदाओं के लिए ज़िम्मेदार ठहराया था। दरअसल, अलनीनो पेरू–इक्वाडोर के प्रशान्त महासागर क्षेत्र में चलने वाली एक गर्म जलधारा है जिसके कारण बीसवीं सदी की शुरुआत से ही मौसमों में भारी परिवर्तन

देखने को मिल रहा है। अरुणोदय ने संयुक्त राष्ट्र संघ की रिपोर्ट को आधार मानते हुए लिखा कि अब तक अलनीनो प्रभाव के कारण क़रीब आठ करोड़ लोगों को विस्थापित होना पड़ा। लेकिन यह भी सच है कि पिछले कुछ दशकों में एशिया ख़ासकर दक्षिण एशियाई सरकारों ने अलनीनो को एक ढाल की तरह इस्तेमाल किया है, उन्होंने हर प्राकृतिक घटना का ठीकरा अलनीनो पर फोड़ा, बल्कि उसके पीछे कारण भारी मानवीय लापरवाही रही है।

साक्षी को याद आ रहा था कि हादसे के तुरन्त बाद अलनीनो पर चर्चा हुई थी और जाँच के लिए आने से पहले उसे दी गयी ब्रीफिंग में भी अलनीनो पर ही ज़ोर दिया गया था, इसका उद्देश्य शायद यही था कि दूसरे पहलुओं पर ध्यान न दिया जाये।

अरुणोदय ने गंगा क्षेत्र में होने वाले बदलाव और बिहार–बंगाल में हुई भीषण बारिश का कारण अलनीनो को मानने से इनकार किया। उनका दावा था कि बारिश और बाढ़ के कारण ही फरक्का टूटा यह कहना भी समस्या का अतिसरलीकरण है।

उनका मानना था कि फरक्का हादसे की नींव तो उसके निर्माण के समय ही पड़ गयी थी, लेकिन बाद में विश्व बैंक की क़र्ज़ शर्तों के कारण हालात बिगड़ते चले गये, जलमार्ग बनाने और उसके लिए तटबन्ध बनाने के लिए विश्व बैंक ने बेतहाशा क़र्ज़ा दिया और गंगा के दोनों किनारों की ज़मीन विशेष आर्थिक क्षेत्र यानी एसईजेड को देने का दबाव डाला। नतीजतन कई जगह दस किलोमीटर चौड़ाई में बहने वाली नदी बमुश्किल एक किलोमीटर की चौड़ाई में बँध गयी। सोचा यह गया था कि नदी को दोनों ओर से बाँध देने से वह नियन्त्रित बहेगी और पानी भी पर्याप्त रहेगा। अरुणोदय का मानना था कि फरक्का के कारण पटना–मोकामा तक बड़े–बड़े टापू बन गये थे और इन टापुओं के कारण पानी पीछे की ओर ज़ोर मारने लगा और जब "आफ़त की बारिश" हुई तो बाढ़ का पानी ढलान यानी बहाव की दिशा में ज़ोर मारने लगा, अब इस घर्षण से अमृत तो नहीं ही निकलना था। उन्होंने यह भी लिखा कि विश्व बैंक ने सूखे इलाके में पानी पहुँचाने के लिए बड़ी नहरें निकालने पर भी दबाव बनाया। बिना पर्यावरणीय प्रभाव जाने इस छेड़छाड़ का परिणाम यह हुआ कि जिन खेतों से नहरें गुज़रीं वह जगह दलदली हो गयी और नहरें भी गाद से भरकर जाम हो गयीं।

बिहार में नहरें निकालने और उत्तर प्रदेश में नहरें बनाने में फ़र्क़ है। उत्तर प्रदेश में अपने बहाव के दौरान गंगा में स्वयं का और कुछ हद तक यमुना का सिल्ट होता है लेकिन जब वह बिहार में बहती है तो उसमें हिमालय से आने वाली सभी नदियों का सिल्ट होता है। बिहार में जब कोसी के तटबन्ध ही सफल नहीं हुए तो नहरें कैसे सफल हो सकती हैं क्या यह मामूली बात विश्व बैंक के विशेषज्ञों को नहीं पता थी? सबसे बड़ी समस्या यह गाद ही थी जिसको व्यवस्थित करने की कभी कोशिश नहीं की गयी क्योंकि नीति नियन्ता जानते थे कि गाद को मैनेज नहीं किया जा सकता।

साक्षी ने लेख को पढ़कर अख़बार एक तरफ़ रखते हुए अरुणोदय की ओर देखकर–"क़र्ज़ देते समय विश्व बैंक की कुछ शर्तें ज़रूर होती हैं लेकिन फरक्का के टूटने में विश्व बैंक का क्या फ़ायदा?"

"मैं यह नहीं कहता कि विश्व बैंक ने कोई सोची–समझी साज़िश रची है लेकिन सोच कर देखिए जब गंगा को बाँधा गया तो उसके दोनों किनारों पर ढेर सारी ज़मीन निकल आयी, इन ज़मीनों पर बनाये गये विशेष आर्थिक क्षेत्र जिन कम्पनियों को दिये गये वे चीन और यूरोप की थीं, इन परियोजनाओं के लिए पैसा विश्व बैंक दे रहा था और विश्व बैंक में सर्वाधिक होल्डिग भी चीन और यूरोपीय देशों की ही है।"

"मतलब अपना ही पैसा विकसित देश ख़ुद को ही लोन दे रहे हैं?" सुब्रतो बोले।

"बिल्कुल और इसका मतलब यह बिल्कुल नहीं कि हमारी सरकार इससे अनजान है, क्योंकि कहीं न कहीं हम भी यही करते हैं, दूसरे छोटे देशों के साथ।''

"तो क्या यह पूरी नदी सभ्यता पर क़ब्ज़ा करने की साज़िश है।"

"पता नहीं, लेकिन गंगा को बाँधने के लिए पैसा देकर पहले इस देश के अस्तित्व पर गहरी चोट की गयी फिर उसकी ज़मीन पर अपनी परियोजनाएँ लागू करवाकर एक तरह से पूरी नदी सभ्यता को मिटाने का प्रयास किया गया।"

साक्षी पहले भी विश्व बैंक के साथ कुछ प्रोजे़क्ट पर काम कर चुकी थी, यहाँ तक कि उसकी पहली भारत यात्रा भी विश्व बैंक के एक बाँध प्रोजेक्ट को लेकर थी, उसे याद था उत्तराखण्ड में गंगा की एक धारा पिंडर पर बनने वाले एक विशाल बाँध की जनसुनवाई के लिए वह पन्द्रह

साल पहले भारत आयी थी। पिंडर पर पहले भी बाँध बन चुके थे यह चौथा और सबसे बड़ा था। इस परियोजना को लेकर पहाड़ पर तीव्र विरोध था। चूँकि बाँध की फंडिंग विश्व बैंक कर रहा था इसलिए उसने स्थानीय लोगों की राय जानने और परियोजना के आकलन के लिए एक टीम भेजी। साक्षी जब इस टीम के साथ पिंडर घाटी पहुँची तो हर जगह शान्ति नज़र आयी मानो पहाड़ ने शिकायत करनी ही बन्द कर दी हो। जनसुनवाई का कार्यक्रम एक सरकारी स्कूल में था, भारी पुलिस बन्दोबस्त भी था। लोग खड़े होकर एक के एक बाद परियोजना के पक्ष में अपनी राय रख रहे थे और इसे रोज़गार के लिए ज़रूरी बता रहे थे। कार्यक्रम के बाद उसी दिन टीम के अन्य सदस्यों की फ़्लाइट थी; लेकिन साक्षी को एक दिन बाद दिल्ली में किसी कार्यक्रम में शामिल होना था इसलिए उसने रात वहीं रुकने का फ़ैसला किया। दूसरे दिन साक्षी का सामना एक अलग ही सच से हुआ। उसके गाइड और ड्राइवर ने बताया कि जनसुनवाई में आये लोग यहाँ के नहीं थे, बल्कि आसपास के गाँवों से लाये गये थे और विरोध कर रहे लोगों को तो सरकार ने एक दिन पहले ही अस्थायी जेलों में डाल दिया था। कार्यक्रम में शामिल हुए लोगों को बाँध कम्पनी ने पैसा देकर जनसुनवाई में शामिल होने के लिए राज़ी किया था। चूँकि ये आसपास के गाँव के ही हैं इसलिए इन्हें कोई बाहरी नहीं कह सकता।

बाद में साक्षी ने यह बात अपनी टीम के सदस्यों को भी बतायी लेकिन आश्चर्यजनक रूप से उसके मत को विश्व बैंक में जमा की गयी रिपोर्ट में शामिल नहीं किया गया।

साक्षी अरुणोदय की भावनाओं को समझ रही थी फिर भी बात बढ़ाने के लिहाज़ से उसने कहा, ''विश्व बैंक तभी लोन देता है जब कोई देश माँगता है तो फिर इस देश के अस्तित्व पर चोट विश्व बैंक ने कैसे की? क्या उसे यह कहना चाहिए था कि आप लोन मत माँगिए इससे गंगा को नुक़सान होगा। यह तो आपकी सरकार का निर्णय था।''

अरुणोदय, कुछ नहीं बोले, मुस्कराकर रह गये। साक्षी, अरुणोदय सहित वहाँ बैठे सभी लोग जानते थे कि दुनिया की हर सरकार विश्व बैंक के आगे कटोरा लिए खड़ी रहती है और उसकी हर जायज़–नाजायज़ शर्त को मानती है। वास्तव में ताक़तवर देश इसके माध्यम से छोटे और विरोधी देशों के संसाधनों पर क़ब्ज़ा करते हैं और उनकी अस्मिता को गुलाम बनाने की कोशिश करते हैं।

''लेकिन मैं आपसे सहमत हूँ, यह भी सच है कि अलनीनो को सरकारों ने वरदान की तरह लिया है और हर आपदा को उसके मत्थे मढ़ देते हैं जबकि ज़्यादातर प्राकृतिक आपदाओं के मूल में घोर मानवीय लापरवाही होती है।'' साक्षी ने कहा, ''यह भी सही है कि किसी भी राष्ट्र की सम्प्रभुता और अस्मिता को ताक़तवर देश अपने ईंधन की तरह इस्तेमाल करते हैं और विश्व बैंक जैसी संस्थाएँ उनके लिए माध्यम की भूमिका निभाती हैं। फिर भी इन सबके बावजूद क्या कुछ ऐसा है जिसे हम साज़िश नहीं तो सोचा–समझा क़दम कहें...?''

"विश्व बैंक में पैसा चीन का, गंगा के मैदान में विशेष आर्थिक जोन चीन के, बांग्लादेश, म्याँमार में बने बड़े बन्दरगाह पर पूरा नियन्त्रण चीन का, यहाँ तक कि ब्रह्मपुत्र के बहाव पर भी चीन का ही नियन्त्रण... बदले में हमें क्या मिला–विकास के नाम पर कुछ नहरें और गंगा के अस्तित्व पर एक सवालिया निशान। गंगा ख़त्म तो विश्वगुरु होने का हमारा अहम् भी ख़त्म।" बोलते–बोलते अरुणोदय की आवाज़ तेज़ हो गयी... ''इसके बाद दुनिया का आध्यात्मिक गुरु होगा चीन... क्योंकि तिब्बत भी उसके क़ब्ज़े में और तो और बुद्ध भी उसके क़ब्ज़े में ही हैं। सच तो यह है कि हम सँभाल नहीं पाये...न गौतम को, न तिब्बत को और न ही गंगा को।''

"हूँ...हम अपनी गंगा का तो ख़याल नहीं रख सके और वाटर फुटप्रिंट के स्टार खिलाड़ी बने हुए हैं," तपन ने सहमति जताते हुए कहा।

तैमूर का गंगासागर

साक्षी को नींद नहीं आ रही थी, वह सिरहाने पर टिक कर बैठ गयी और खिड़की से बाहर देखने लगी, चाँदनी रात में सरयू का ठहरा पानी चमक रहा था। पिछले दो दिनों से वह देर से सोकर उठी थी, उसके सपनों ने अब साथ छोड़ दिया था शायद सपनों को अपनी मंज़िल मिल चुकी थी।

साक्षी ने वर्चुअल स्क्रीन को ऑन किया–एक बड़े से हाय के साथ जॉय का मैसेज चमक रहा था। जॉय साक्षी का जूनियर होने के साथ–साथ दोस्त भी था इसलिए उसके सन्देश अक्सर अनौपचारिक होते थे।

डियर साक्षी,

बांग्लादेश इस हादसे के लिए कितना तैयार था यह जानने के लिए इस भूमि को समझना ज़रूरी है। यह इलाका अनुमानतः कोई दस हज़ार साल पहले बना है। यूँ कहिए समुद्र का एक हिस्सा जो अलग हो गया। बांग्लादेश अपने आप में एक पूरा डेल्टा है और गाद से बना है। यह देश 5 किलोमीटर से लेकर 15 किलोमीटर तक मिट्टी की परत पर बसा है, इसीलिए बेसिन का कुछ भाग तो बेहद ऊपर उठा हुआ है और कछार वाला क्षेत्र जैसे फरीदपुर का चौर आदि काफ़ी नीचा है। गंगा–ब्रह्मपुत्र–मेघना में शामिल होकर आने वाली हिमालयी नदियाँ समुद्र से मिलने से पहले यहाँ गाद छोड़कर समुद्र में समाती हैं। यह कोई अतिशयोक्ति नहीं है कि यह दुनिया की सबसे ज़्यादा उपजाऊ भूमि है। यह वो ज़मीन थी जिसे प्रकृति ने सिर्फ़ दिया बदले में लिया कुछ नहीं। कम ही लोग जानते हैं कि एक समय बांग्लादेश एकमात्र ऐसा देश था जिसकी पूरी आबादी के लिए भूमिगत जल मौजूद था यानी थोड़ा–सा कुआँ खोदिए और पानी हाज़िर।

मैं यहाँ तैमूर से मिला। तीसेक साल के तैमूर का पुश्तैनी धन्धा ज़मीन के नीचे पानी की मौजूदगी का पता लगाना है। वह बारीसाल में रहता

है, यह वही जगह है जिसे असली गंगासागर कहा जाता है, तीन–चार पीढ़ी पहले तक उसके पुरखों का बड़ा सम्मान था। वह कहता है कि पानी तो हर जगह था लेकिन हमारे बाप–दादा नारियल घुमाकर यह बता देते थे कि पानी मीठा है या खारा। समुद्र के क़रीब होने के चलते खारा पानी निकलने का ख़तरा बना रहता था। ज़मींदारों ने उन्हें ज़मीनें दीं तो सम्मान के साथ सम्पन्नता भी आ गयी। लेकिन जब से सरकारों ने नदियों को मैनेज करना शुरू किया तो नदी की तीव्रता में कमी आयी। नदी धीरे बहने लगी और गाद को समुद्र में नहीं ठेल पायी। इससे वह गाद मुहाने पर यानी समुद्र और नदी के संगम पर जमा होने लगी, जब गाद जमा होने लगी तो नदी का रास्ता बाधित हो गया और वह गाँवों और टापुओं में बाढ़ बनकर कहर ढाने लगी।

आप जानती हैं कि नदी और समुद्र का संगम एक प्राकृतिक सच है, नदी का समुद्र तक पहुँचना मुश्किल हुआ तो समुद्र ज्वार के रूप में नदी तक पहुँचने लगा। नतीजा यह हुआ कि बेहतरीन उपजाऊ ज़मीन खारे पानी से प्रभावित होने लगी, जब ज़मीनें बरबाद हुईं तो सामाजिक टकराव पैदा हुआ। ऐसे ही किसी समय मजबूरी में तैमूर के परदादा को अपनी ज़मीनें एक ज़मींदार को बेचनी पड़ीं। ज़मींदार ने वह ज़मीन इसलिए ली क्योंकि वह वहाँ झींगा मछली का उत्पादन करना चाहता था, झींगा खारे पानी में ही पनपती है, झींगा का बाज़ार में दाम भी अच्छा था। फिर हुआ यूँ कि कई सम्पन्न और अमीर लोग झींगा का उत्पादन करने लगे। झींगा की खेती बढ़ी तो उससे सटी जो ज़मीन धान के लायक थी उस पर भी असर होने लगा और देखते–ही–देखते दुनिया की सबसे उपजाऊ भूमि की कोख से अनाज पैदा होना बन्द हो गया।

इन सबके बीच तैमूर के परिवार की रोजी–रोटी किसी तरह चलती रही, हालाँकि उसके परिवार के कई भाई–पटिदार विस्थापित हो भारत चले गये जिन्हें आज भी अवैध बांग्लादेशी कहा जाता है। तैमूर को भी यहाँ दो लोग मिले जो हादसे में बह कर यहाँ आ गये थे लेकिन उन्हें न तो भारत स्वीकार कर रहा है न ही बांग्लादेश। बांग्लादेश की विपन्नता का असर भारत पर भी अच्छा–ख़ासा पड़ा। बस यूँ समझ लीजिए कि फरक्का हादसे में बहने वाले ज़्यादातर लोग तैमूर की तरह ही हैं, मल्लाह, किसान या मज़दूर लेकिन एक और बात है जिस पर अब तक ध्यान नहीं गया वह यह कि मरने वालों में बड़ी संख्या में चाइनीज़

भी हैं, इनमें पोर्ट मज़दूर और सैनिक भी शामिल हैं, ये सैनिक यहाँ चीन की सम्पत्तियों की सुरक्षा के लिए तैनात थे।

ये बात काफ़ी हद तक सही है कि बांग्लादेश का डेल्टा तेज़ी से बढ़ रहा था। इसके लिए भारत और बांग्लादेश दोनों ही समान रूप से दोषी हैं। यहाँ 20 लाख वर्ग किलोमीटर जल ग्रहण क्षेत्र वाली गंगा–ब्रह्मपुत्र–मेघना का पानी बहता है। इनके अलावा भी कई दूसरी नदियों, नहरों और सँकरी खाड़ियों का जाल बिछा हुआ है। यह सब इस देश के 10 फ़ीसद क्षेत्र में फैला है। कुल मिलाकर पूरे देश में 230 नदियाँ हैं लेकिन विडम्बना देखिए साफ़ पानी के लिए हाहाकार मचा रहता है। कई नदियों को तो पूरी तरह सुखा दिया गया है। आधी से ज़्यादा आबादी आर्सेनिक से पीड़ित है, क्योंकि बांग्लादेश पीने के पानी के लिए ज़मीन को खोदना पसन्द करता है। तीनों बड़ी नदियों का इतना ज़्यादा प्रवाह और उसके साथ 2500 मिलीमीटर तक स्थानीय वर्षापात, नीची ज़मीन और जननिकासी का अभाव सब कुछ मिलकर बड़े पैमाने पर इलाके को डुबाने के लिए पर्याप्त है। हर साल आने वाली बाढ़ में देश का एक तिहाई इलाका डूब जाता है।

बांग्लादेश के दक्षिण–पश्चिम इलाके में एक नदी हुआ करती थी 'गोराई'। गोराई गंगा के पानी को साथ लेकर एक बड़े इलाके को मीठा पानी उपलब्ध कराती। लेकिन फरक्का बनने के बाद से इस नदी में बहाव कम हो गया और बालू जम गयी। कई दशकों तक यह नदी सूखी ही रही सिर्फ़ बारिश में ही इसमें पानी आता था। इसे जीवित रखने की कई कोशिशें की गयीं, ड्रेजिंग भी लगातार की गयी। लेकिन फिर लागत ज़्यादा होने के कारण ड्रेजिंग बन्द कर दी गयी और गोराई को भुला दिया गया। फिर धीरे–धीरे इस नदी में खेत लहलहाने लगे, वक़्त बीता, खेत भी कम हुए और इमारतों ने जगह बना ली।

जिस दिन सैलाब बांग्लादेश की तरफ़ बढ़ा उसका रास्ता गोराई ही था। इस सैलाब ने गोराई के रास्ते ही सबसे ज़्यादा तबाही मचायी। आफ़त से बचने की तैयारी बांग्लादेश की पहले भी नहीं थी लेकिन फरक्का हादसे ने सोचने का मौका भी नहीं दिया।

पता नहीं साक्षी तुम्हें तुम्हारे सवालों का जवाब मिला या नहीं। लेकिन वास्तव में यहाँ करने को कुछ नहीं है बस कई तैमूर और फ़िज़ाओं में कराहती उनकी कहानियाँ हैं। 13 दिसम्बर को जो कुछ भी हुआ उसे

तैमूर ने झेला और उसकी कोई ग़लती नहीं थी, गंगा का बुरा उसके ज़ेहन में भी नहीं था।

तुम्हारा
जॉय

मेल पढ़कर साक्षी काफ़ी देर तक कुछ सोचती रही उसके बाद उठकर कुछ नोट्स बनाने लगी, उसे एकाएक ध्यान आया कि चीन के इतने नुक़सान के बावजूद अब तक उसकी कोई सख़्त प्रतिक्रिया सामने नहीं आयी जैसा कि अक्सर होता है। उसने तपन को फ़ोन लगाया।

''तपन तुम्हें याद है कुछ महीनों पहले चीन ने द्विपक्षीय वार्ता में भारत पर फरक्का की देख–रेख में लापरवाही का आरोप लगाया था।''

''हाँ, लेकिन ऐसी ख़बरें आम हैं।''

''हूँ।''

''हूँ, का क्या मतलब?''

''कुछ नहीं, मैं सोच रही थी कि कहीं ऐसा तो नहीं कि ब्रह्मपुत्र नदी पर चीन का पूरा नियन्त्रण है जिससे वह जब चाहे असम सहित उत्तर–पूर्व के बड़े हिस्से में तबाही फैला सकता था, लेकिन इस बार शायद उसका गणित कुछ ग़लत बैठ गया और मार उलटी पड़ गयी।''

''हो सकता है, वैसे भी उसने ब्रह्मपुत्र की धाराओं को कई जगह रोककर कृत्रिम झीलों की सेना तैयार कर रखी है और पहले भी कई बार इन झीलों का पानी तेज़ी से बहाकर इस क्षेत्र में बाढ़ ला चुका है। ''

''वही तो मैं कह रही हूँ।''

''लेकिन यह भी सच है कि जो काम ब्रह्मपुत्र पर नियन्त्रण रखकर चीन कर रहा है वही काम भारत सिन्धु और झेलम पर नियन्त्रण रख कर करता है।''

''मतलब?''

''मतलब, जब चाहो पाकिस्तान के एक बड़े क्षेत्र में बाढ़ लायी जा सकती है।''

''हूँ, यानी हो सकता है कि चीन ने ऊपर से पानी छोड़कर बाढ़ को बढ़ाया हो और जिसमें प्रकृति ने भी योगदान दे दिया जिससे हादसा इतना बड़ा हो गया।''

''फिर बाढ़ सैलाब में तब्दील हो गयी और उसने बांग्लादेश में मौजूद चीनी सम्पत्तियों को भी मिटा दिया।''

पिछले कुछ दिनों से साक्षी भी फरक्का में साज़िश सूँघने लगी थी।

भारत आने से पहले उसने हेग मुख्यालय को एक प्रतिनिधि चीन भेजने के लिए आग्रह किया था लेकिन उसे ठुकरा दिया गया। ज़ाहिर है चीन ऐसा नहीं चाहता होगा और दुनिया की तक़रीबन हर बड़ी संस्था कहीं न कहीं चीन के दबाव में काम करती है।

वह सोने जा ही रही थी कि फिर तपन का फ़ोन आ गया।

"सीएनएन देखो!"

"क्यों क्या हुआ?"

"अरे देखो तो सही।"

साक्षी ने टीवी ऑन किया–स्क्रीन पर उसे जॉय का चेहरा नज़र आ रहा था। वह समझ नहीं पायी कि माजरा क्या है। जॉय एक प्रेस कॉन्फ्रेंस कर रहे थे और उनके आसपास कुछ लोग खड़े हुए थे।

इतनी देर में तपन ने एक दस्तक की, दरवाज़ा खोला और अन्दर आ गये। उनके पीछे–पीछे सुब्रतो हड़बड़ी में अन्दर आये–"सीएनएन देखिए" फिर कमरे का नजारा समझ टीवी की ओर देखने लगे।

जॉय कह रहे थे, ''जब सभी टेस्ट में यह साबित हो चुका है कि ये ग़रीब लोग भारतीय हैं और हादसे में बहकर बांग्लादेश पहुँचे थे तो भारत का यह रवैया बेहद ग़ैर–ज़िम्मेदाराना है कि वह अपने ही लोगों को देश में प्रवेश की अनुमति नहीं दे रहा, सुरक्षा चिन्ता के नाम पर यह कार्यवाही अमानवीय है।''

''यह ठीक नहीं हुआ।'' तपन ने कहा।

''हूँ।''

"मैम, दिल्ली से लगातार फ़ोन आ रहा है।"

''हूँ।''

साक्षी के मन में भी आशंका गहरा रही थी।

गंगा वाटर और गंगाजल

31 जनवरी, 2075

बनारस, पुरानी गलियों का आधुनिक शहर कुछ–कुछ जापान के शहर क्योंतो की तरह। पूरी तरह साफ़–सुथरी गलियाँ, साइकिल और बाइक की भरमार। बड़ी गाड़ियों के लिए यहाँ कभी जगह नहीं रही। शहर का मुख्य ट्रांसपोर्ट बैटरी चालित गाड़ियाँ हैं इसके अलावा वरुणा–गंगा में हज़ारों नावें यात्रियों को बाज़ार, ऑफ़िस और घर पहुँचाती हैं। मन्दिरों के शहर में प्रवेश से पहले दीपेश ने गाड़ी को एक पार्किंग जट्टी के हवाले कर दिया। तय किया गया दो दिन बाद गाड़ी बनारस के पश्चिमी छोर पर मिलेगी। शहर के अन्दर जाने के तीन ही रास्ते हैं हवाई मार्ग, पब्लिक ट्रांसपोर्ट या जलमार्ग।

एक स्टीमर सभी को लेकर गाजीपुर साइड से बनारस में दाख़िल हुआ। गहरा नीला जल गंगा के समृद्ध होने की कहानी कह रहा था। ठहरा हुआ पानी जिसमें स्टीमर, नाव और बड़े जहाज़ों की आवाजाही ने हलचल पैदा की हुई थी। स्टीमर असी जंक्शन पर खड़ा हुआ। यहाँ से छोटी नावें और स्टीमर गंगा से हटकर असी नदी में प्रवेश करते हैं और शहर में भीतर तक आवागमन की सुविधा उपलब्ध कराते हैं।

सरकारी गेस्ट हाउस असी घाट पर ही था। हमेशा से असी घाट सरकारी कारिन्दों का ख़ास घाट रहा है इसलिए कोई भी विकास पहले यहीं पहुँचता है, यहाँ तक कि गंगा से जुड़ी योजनाएँ भी प्रतीक तौर पर असी से लागू की जाती रही हैं। पण्डों से जूझते गेस्ट हाउस पहुँची साक्षी ने लोकल कोऑर्डिनेटर श्यामल को साथ चाय पीने के लिए कहा। श्यामल डीएम ऑफ़िस में कनिष्ठ पद पर था और अक्सर स्टेट गेस्ट की सेवा में रहता था। वह नहीं जानता था कि साक्षी वहाँ क्यों आयी

है इसलिए उसने सभी मेहमानों की तरह साक्षी को भी गंगा स्नान का उचित समय बताया, गंगा आरती के टाइम दशाश्वमेध घाट पर ले जाने का वादा किया और विश्वनाथ मन्दिर के दर्शन का वी.आई.पी. कूपन भी उपलब्ध करा दिया। कुल मिलाकर बनारस आने वाले मेहमानों को ख़ुश करने का यह स्थायी फार्मूला था।

शाम को साक्षी, तपन और सुब्रतो घाट पर घूमने निकले। श्यामल भी साथ ही था। घाट पर पूरा मेला ही लगा हुआ था। खिलौने, पूजा का सामान, कपड़े, कर्मकाण्ड कराने वाले पण्डे, शुद्ध गंगाजल की कई दुकानें।

"गंगाजल की दुकान" साक्षी बुदबुदायी। वह एक दुकान के सामने रुक गयी, उसने तपन की ओर देखा, तपन और सुब्रतो भी रुक गये लेकिन कुछ समझ नहीं पाये।

साक्षी ने काँच की एक ख़ूबसूरत बोतल को उठाया जिसे बेहद सलीके से पैक किया गया था ताकि जल लीक न करे। साक्षी ने बोतल को उलट–पलट कर देखा। एक सौ एक रुपये क़ीमत की बोतल के पीछे गुजरात की एक कम्पनी का पता दिया हुआ था।

"मैं आपसे सौ रुपये में यह क्यों खरीदूँ जबकि सामने गंगा बह रही है।" साक्षी ने कहा।

दुकानदार ने शायद काफ़ी समय बाद यह सवाल सुना था, एकबारगी उसे समझ ही नहीं आया कि क्या बोले। साक्षी ने अपनी बात दोहरायी– ''मैं खाली बोतल में खुद गंगाजल भर लूँगी, इसमें क्या ख़ास है?''

''ख़ास है मतलब ! मैडम यह गंगाजल है गंगाजल, मतलब गंगोत्री से पैक होकर आया है, खराब नहीं होता। दुकानदार ने ज़ोर देते हुए कहा।''

''मतलब यहाँ का गंगाजल ख़राब हो जाता है।'' साक्षी ने बात आगे बढ़ाने की नीयत से पूछा।

दुकान पर भीड़ थी और दुकानदार ज़्यादा बात करने के मूड में नहीं था, ''आप किस गंगाजल की बात कर रही हैं मुझे नहीं समझ आ रहा? आपको घाट से भरना है तो भर लीजिए। कई बेवकूफ़ ऐसा करते हैं।''

सुब्रतो कुछ कहने के लिए आगे बढ़े लेकिन साक्षी ने इशारे से मना कर दिया। उसने दुकानदार की बात का बुरा नहीं माना था।

वे लोग थोड़ा आगे आकर घाट किनारे लगी बेंचों पर बैठ गये।

सभी ने ग़ौर किया, कोई भी सीधे गंगा से जल नहीं भर रहा था। साक्षी ने श्यामल से जानना चाहा जो अब तक यह तो समझ चुका था कि ये लोग साधारण तीर्थयात्री नहीं हैं लेकिन मामला क्या है समझ नहीं पा रहा था, इसीलिए सावधानीवश चुप था। साक्षी उसकी ओर प्रश्नवाचक दृष्टि लगाये हुई थी।

''मैडम, गुजरात की एक कम्पनी है जिसके पास गंगाजल का ठेका है, यही कम्पनी देशभर में गंगाजल सप्लाई करती है, गंगा के उद्गम से स्प्रिंग वाटर भी यह कम्पनी पैक करती है। ज़्यादातर विदेशी इसी पानी को पीते हैं। मैडम कम्पनी की कभी कोई शिकायत नहीं सुनी, फिर भी आपको लगता है कि पैक गंगाजल में कोई समस्या है तो आप शिकायत कर सकती हैं।'' श्यामल एक साँस में बोल गया।

''नहीं, आप समझे नहीं, मैं यह जानना चाहती हूँ कि घाट में बह रहा पानी भी तो गंगाजल है।''

श्यामल हड़बड़ाया–''मतलब... पर मैडम यह तो गंगा नदी है, यहाँ गंगाजल कैसे आयेगा?''

अब साक्षी सम्भल गयी, उसे लग गया कि उसका सवाल बेहद पुराना है और अब नहीं पूछा जाता–ओके, कहकर वह चुप हो गयी।

साक्षी ने सुब्रतो की तरफ़ देखा जो पहले ही उसे देख रहे थे, आँखें मिलते ही सुब्रतो ने वापस चलने का इशारा किया। इस बीच तपन इंटरनेट पर इस कहानी को समझने की कोशिश करने लगे।

सुब्रतो के लहजे का सरकारीपन अब काफ़ी हद तक कम हो गया था, बावजूद इसके वे अपनी ड्यूटी पर बने हुए थे। डिनर लगने के पहले उन्होंने गंगा वाटर के कॉन्ट्रेक्ट की डिटेल दिल्ली से मालूम कर ली थी। वे चाहते थे कि डिनर गरम रहे उसके लिए ज़रूरी है कि विषय को ही ठण्डा कर दिया जाये।

"कोई बड़ी बात नहीं है, लोगों तक शुद्ध गंगाजल पहुँचे उसके लिए सरकार ने एक प्रॉपर नेटवर्क बना दिया है, अब नदी नेटवर्क इतना सघन है कि हर जगह के जल को गंगाजल नहीं कहा जा सकता। वैसे भी हमेशा से लोग कोलकाता के बजाय हरिद्वार या गंगोत्री से गंगाजल लाना पसन्द करते थे।"

"बात सिर्फ़ इतनी ही नहीं है," तपन ने टोका।

सुब्रतो को पहले ही इसका अन्देशा था इसलिए बोले, "अब आप

इसको भी फरक्का हादसे से जोड़ दीजिए तो मैं क्या कर सकता हूँ। इस मुद्दे को भी आप खींचना चाहेंगे तो खींचिए!" हालाँकि उनकी आवाज़ में पहले की तरह तल्खी नहीं थी।

तपन हल्का–सा मुस्कराये, फिर साक्षी की ओर सलाद की प्लेट बढ़ाते हुए बोले, "सन् दो हज़ार बीस के बाद नदी जोड़ो परियोजना पर तेज़ी से काम शुरू हुआ। इसका मूल उद्देश्य यह था कि ज़्यादा पानी वाली नदियों का पानी कम जलस्तर वाली नदियों में भेजा जाये ताकि सिंचाई के लिए पानी मिल सके और बाढ़ से भी बचाव हो सके।"

"हाँ मैं जानती हूँ, भारत में यह पूरी तरह सफल हुई और दुनिया के कई देश इस मॉडल पर काम कर रहे हैं, यह बेहतरीन परियोजना थी।"

सुब्रतो ने सहमति में कुछ ज़्यादा ही ज़ोर से सिर हिलाया।

"बिल्कुल, लेकिन नदी और सड़क में एक बेसिक फ़र्क़ होता है, सड़क को बनाया जाता है और नदी अवतरित होती है। हर नदी की इकोलॉजी अलग होती है जो मछली नर्मदा में रहती है वह ज़रूरी नहीं कि गंगा में भी सरवाइव करे और सोन नदी की रेत की गुणवत्ता कोसी से बिल्कुल अलग है, गंगा में हिमालय से निकलता बैक्टीरियोफेज़ है जो गंगा के पानी को अमृत बनाता है वह गोदावरी में ख़ुद ही जीवित नहीं रह पायेगा। किसी का पानी हरा है तो किसी का नीला, किसी का मटमैला तो किसी का काँच के समान चमकीला, अब जब आप सबको आपस में मिला देंगे तो क्या होगा, सोचिए?"

साक्षी और सुब्रतो चुप रहे।

"वही हुआ, सबने मिलकर एक नयी और अजीब दुनिया बना ली, जहाँ गंगा तो है लेकिन गंगाजल नहीं है, बाढ़ आना एक जगह बन्द हो गया तो दूसरी किसी जगह और भी ज़्यादा विकराल हो गया। मैं इसे फरक्का से नहीं जोड़ रहा लेकिन सोच कर देखिए पूर्वी भारत में साल में दो–दो बार बाढ़ क्यों आने लगी। बाढ़ के साथ आने वाली जादुई मिट्टी कैसे ग़ायब हो गयी और दलदली होती ज़मीन क्या भगवान की देन है? ऊपर से देखने पर गंगोत्री और यमुनोत्री दो बिन्दुओं की तरह दिखते हैं और बेहद क़रीब से बहते हुए भी ये नदियाँ एक हज़ार किलोमीटर दूर इलाहाबाद में जाकर मिलती हैं। नदियों को मिलाने का अधिकार पूरी तरह से प्रकृति का है। हम सिर्फ़ उससे अपनी ज़रूरतें पूरी कर सकते हैं उनकी दिशा बदलने का अधिकार मनुष्य को नहीं है। फिर

भी यह हुआ है तो इसका परिणाम है मुर्गियों की तरह संकर तरीक़े से पैदा की जा रही मछलियाँ, जो हमारे विकास की गाथा गा रही हैं। अब सुनिए गंगा के साथ क्या हुआ।''

''सुनाइए, लेकिन एक बात आपको पता होनी चाहिए कि दुनिया का सारा पानी कहीं न कहीं एक–दूसरे से जुड़ा हुआ है।''

यूँ तो इनसान और जानवरों के डीएनए में भी कोई ज़्यादा फ़र्क़ नहीं है फिर भी उनकी प्रकृति में ज़मीन–आसमान का अन्तर है।'' साक्षी ने सुब्रतो को रोकते हुए तपन को इशारा किया।

तपन आगे बोले, ''नदी जोड़ो परियोजना के विरोध में पर्यावरणीय आन्दोलनों में तेज़ी आयी तो सुप्रीम कोर्ट ने गंगा के उद्गम से क़रीब 135 किलोमीटर के हिस्से को संवेदनशील घोषित कर दिया। यानी कम से कम ढाई हज़ार किलोमीटर वाली नदी का दस फ़ीसद हिस्सा तो बचा रहे। आदेशानुसार इस हिस्से में न तो कोई निर्माण हो सकता था न ही कोई व्यापारिक गतिविधि हो सकती थी जिससे गंगा को नुक़सान पहुँचे। नतीजतन गंगा के मुहाने पर बनने वाले कई बाँध और उनकी सुरंगें आकार न ले सकीं। लेकिन इस 135 किलोमीटर के बाद बाँध बने और ऐसे बने कि गंगा सुरंगों में ही बहने लगी। वह एक बाँध की बिजली बनाती और दूसरे बाँध की सुरंग में बन्दी बन जाती। सुरंग में लगातार रहने से गंगा का गंगत्व यानी बैक्टीरियोफेज़ नष्ट हो गया। दूसरा पहाड़ के बाद इलाहाबाद तक गंगा की अपनी कोई सहायक नदी थी ही नहीं जो उसे पानी की आपूर्ति करती। उलटा गंगा को ही दूसरी मृतप्रायः धाराओं से जोड़ा गया यानी गंगा का पानी उन धाराओं को दिया गया। जिसका परिणाम यह हुआ कि गंगा गें ही पानी की बेहद कमी हो गयी। इलाहाबाद पहुँचने से काफ़ी पहले गंगा पूरी तरह सूख गयी। इस सूखे हुए नदी के रास्ते को सरकार ने चैनलाइज करके कांक्रीट का बना दिया ताकि बरसात में पानी इधर–उधर न भागे और नियन्त्रण में रहे।

''केन–बेतवा नदियों को आपस में जोड़कर उसे चम्बल से लिंक किया गया और इससे कई जगह नहरें बनाकर यमुना को दिया गया और फिर यमुना इलाहाबाद में गंगा से मिली। इलाहाबाद, लखनऊ और बनारस जैसे स्मार्ट शहरों के सीवेज को ट्रीट करके एक चैनल द्वारा बनारस के ठीक पहले गंगा में मिलाया ताकि यहाँ भरपूर पानी रहे। आप सीवेज को ट्रीट करके पीने लायक तो बना सकते हैं लेकिन गंगाजल नहीं

बना सकते। तो हुआ यूँ कि धीरे–धीरे गंगा से गंगत्व ग़ायब ही हो गया और सारा दबाव गंगा के उद्‌गम पर आ गया। दुनिया में हिमालय का स्प्रिंग वाटर अमीरों की पहली पसन्द है, फ्रांस के स्प्रिंग वाटर की तरह।''

''भारत की सबसे बड़ी वाटर कम्पनी जो दुनियाभर में पानी सप्लाई करती है, उसने सरकार से गंगा के उद्‌गम का ठेका ही ले लिया। सरकार ने इस क़दम को समाज के हित में बताया क्योंकि कम्पनी का दावा था कि वह हर जगह यानी गंगा के हर घाट पर गंगाजल उपलब्ध करायेगी। यानी लोग गंगा में कहीं भी स्नान करें, घर पर शुद्ध गंगाजल ही लेकर जायें। अब जिन्हें पूजा के लिए गंगाजल चाहिए वे कहीं से भी ख़रीद लें। और जो ज़्यादा भुगतान कर सकते हैं उनके लिए गंगा में मिलने वाले झरनों का पानी भी मौजूद है, जिनकी माँग दुनियाभर में है। कुल मिलाकर, गंगा का उद्‌गम भी एक बेहतरीन रेवेन्यू मॉडल है जो इस पानी कम्पनी को अरबों डालर की कमाई कराता है।''

3 फ़रवरी, 2075

तीन दिन बनारस में रुकने के बाद सभी लोग दिल्ली आ गये। साक्षी इलाहाबाद जाना चाहती थी लेकिन मुख्यालय से आये मैसेज ने उसे इरादा बदलने पर मजबूर कर दिया। इसकी आशंका जॉय के प्रेस कॉन्फ्रेंस के बाद से ही लगातार थी। हेड ऑफ़िस से आये सन्देश में साफ़ था कि उसे यह दौरा जल्दी ख़त्म कर भारत सरकार के अधिकारियों से मीटिंग करनी चाहिए ताकि रिपोर्ट फाइनल की जा सके। अन्तरराष्ट्रीय न्यायालय भी कहीं न कहीं इस बात पर सहमत था कि फरक्का हादसा एक दैवी आपदा थी। भारत जैसे बड़े देश के दूसरे अन्तरराष्ट्रीय दबाव भी थे। जॉय ने ढाका में एक प्रेस कॉन्फ्रेंस कर भारत सरकार को शर्मिन्दा कर दिया था। उसने प्रेस कॉन्फ्रेंस में अब्दुल और एक अपाहिज बच्चे दक्ष को पेश किया। अब्दुल 13 दिसम्बर के हादसे में एक लट्ठे पर सवार हो गया था और दक्ष को उसने कभी अपने से अलग होने ही नहीं दिया। लेकिन कई कोशिशों के बाद भी उन दोनों को अपने देश में प्रवेश नहीं मिल पा रहा था। इसके बाद आनन–फानन में भारत ने इन दोनों के साथ बाक़ी लोगों को भी देश में आने दिया। अब्दुल और दक्ष मालदा तो पहुँच गये और रोज़ी–रोटी का संघर्ष कर रहे थे। गाँव अब था नहीं। हालाँकि पानी

उतर चुका था और पहाड़ी के बचे हिस्से को देख कर लगता था यहाँ से ज़माने को गुज़रे ज़माना हुआ। इसी पहाड़ी पर मन्दिर का पुनर्निर्माण ज़ोरों पर था और अब्दुल इसी साइट पर मज़दूरी कर रहा था। दक्ष को शायद अपने पापा चन्दन, गाँव की गलियाँ, पहाड़ी का मन्दिर कुछ भी याद नहीं था। उस किस्मत के धनी को दर्द का एहसास ही नहीं था। दक्ष अब्दुल को मन्दिर निर्माण में मज़दूरी करते देखता और बीच–बीच में नज़रें मिलते ही मुस्करा देता।

अब्दुल और दक्ष सहित कुछ लोग ज़िन्दा बचकर वापस आ गये थे लेकिन सैकड़ों ऐसे थे जिनका कोई पता नहीं था। शिल्पा और दुर्गा बसु जैसे कई परिवार थे जिन्होंने अपने मन को समझा लिया था। उनकी मुस्कराहट में भी उदासी छायी नज़र आती थी, लेकिन मीसा खिलखिलाती थी। दक्ष की तरह ही वह अपनी निर्दोष हँसी से शिल्पा को सँभाले हुई थी। ज़िन्दगी फिर अपना रास्ता ढूँढ़ रही थी।

नदी का निर्माण फिर

4 फ़रवरी, 2075

नॉर्थ ब्लॉक में केन्द्रीय गृह सचिव का शानदार ऑफ़िस, वुडन इंटीरियर उसे एक भव्यता प्रदान कर रहा था। क़रीब चालीस साल के आजिक्य कुमार ने खड़े होकर साक्षी का स्वागत किया। पश्चिम बंगाल के सचिव मंजुल सरकार के अलावा दो लोग और भी वहाँ मौजूद थे। ये सभी लोग कोलकाता की पहली बैठक में शामिल थे।

"आपने बहुत अच्छा किया जो सड़क मार्ग से आना तय किया," बातचीत की शुरुआत आजिक्य ने की।

"हाँ, ज़मीनी वास्तविकता को समझना है तो ज़मीन पर ही समझना चाहिए।"

"मुझे दुख है कि आप हरिहरपुर नहीं ढूँढ़ पायीं।"

साक्षी समझ गयी कि आजिक्य को उसके सफ़र की हर छोटी–बड़ी डिटेल पता है।

"उम्मीद है रास्ते में सरकारी सहयोग पूरा मिला होगा?"

"जी, सुब्रतो जी ने मेरी ज़रूरतों का पूरा ख़याल रखा, थैंक यू वेरी मच।"

"तो आपकी क्या फाइंडिंग्स है।" मंजुल सरकार ने कहा।

"उस पर तो अभी कुछ भी कहना जल्दबाज़ी होगी, वैसे सरकारी पक्ष आप मुझे पहले ही बता चुके हैं फिर भी कुछ कहना चाहें तो...।"

"बस यही कि भारत सरकार जो भी कर सकती थी उसने किया, बिना किसी बाहरी मदद के।" कुछ सोचकर आजिक्य बोले, "बांग्लादेश के साथ हमारे सम्बन्ध हमेशा की तरह बेहतर थे, चीन के वहाँ पोर्ट बेस बना लेने के बावजूद हमने ट्रीटी में कोई फेरबदल नहीं किया और वायदे के अनुसार बांग्लादेश को पानी देते रहे।"

''हूँ...'' लेकिन गाद हटाने पर आपका क्या पक्ष है?''

"आपने देखा ही है कि ड्रेजिंग कॉरपोरेशन लगातार काम कर रहा है और हम फरक्का हादसे के पीछे गाद को कारण नहीं मानते।" कहते हुए आजिक्य ने साथ बैठे अधिकारी की ओर देखा, जो केन्द्रीय जल आयोग के प्रमुख थे। उन्होंने दावा किया कि फरक्का के बैक वाटर में ज़्यादा से ज़्यादा पैंतालीस किलोमीटर तक गाद का प्रभाव पड़ सकता है, पटना और उसके आसपास गाद का कारण फरक्का नहीं है। जिस कटाव और बाढ़ वाले क्षेत्र को आपने देखा वह वास्तव में कोसी और गण्डक की तीव्रता की वजह से है।

साक्षी बोलीं, "आपको याद होगा कई साल पहले कोशी की बाढ़ को रोकने के लिए, उसके बिहार में घुसने से काफ़ी पहले एक विशाल परियोजना बनायी गयी जिसका नाम है सप्तकोशी"। फिर बिना प्रतिक्रिया का इन्तज़ार किये उसने कहा, "उस सप्तकोसी योजना के दौरान दावा किया गया था कि इससे कोशी में आने वाली बाढ़ और गाद पर पूरा नियन्त्रण हो जायेगा, लेकिन सच्चाई आप भी जानते हैं कि कोशी आज भी वैसे ही बहती है, उस पर नियन्त्रण की हर कोशिश ने तबाही को बढ़ाया ही है।"

''चलिए कम से कम कोसी ने अब तक ऐसी नौबत तो नहीं आने दी कि अन्तरराष्ट्रीय न्यायालय को हस्तक्षेप करना पड़े।''

आजिक्य के रवैये से साफ़ था कि वे इस बहस को आगे नहीं बढ़ाना चाहते। उन्होंने साक्षी को भविष्य में हर तरह के सहयोग का वचन दिया और उसे कुछ मैप दिये जिसमें यह समझाने की कोशिश की गयी थी कि अलनीनो के प्रभाव से पिछले दो दशकों में दक्षिण एशिया में किस तरह की आपदा आयी।

नो वन किल्ड रिवर या एक रुका हुआ फैसला

5 फ़रवरी, 2075

सुब्रतो दासगुप्ता... थैंक यू, साक्षी ने पहली बार सुब्रतो का पूरा नाम लेते हुए उसकी तरफ़ गर्मजोशी के साथ हाथ बढ़ाया, "आपके साथ अच्छा समय बीता।" जवाब में सुब्रतो ने भी हाथ मिलाया, लेकिन बोले कुछ नहीं।

''बी इन टच'' साक्षी ने ही कहा।

सुब्रतो मुस्करा भर दिये, वे थोड़े भावुक लग रहे थे या संशय में। तपन ने उनके कन्धे पर हाथ रखा–''मैं भी दो दिन बाद कोलकाता पहुँच रहा हूँ फिर साथ बैठते हैं, मर्दों वाली स्टाइल में।'' उनके कहने के तरीक़े पर साक्षी भी हँस दी।

"मैम, एक बात कहना चाहता था।"

''हाँ, प्लीज़!''

''वैसे तो मैं एक सरकारी मुलाज़िम हूँ मुझे अपने संविधान और राष्ट्र के दायरे में ही सोचने की इजाज़त है लेकिन आपके साथ रहकर जाना कि घटनाओं को मानवता के दायरे में देखा जाना चाहिए।''

साक्षी ने बैठने का इशारा किया।

क्षणभर रुककर सुब्रतो ने आगे कहा, ''तीस्ता सहित 54 अन्तरराष्ट्रीय नदियाँ थीं जिनके पानी पर बांग्लादेश का भी हक़ बनता था। आप ही के शब्दों में कहूँ तो वे नदियाँ बांग्लादेश में भी बहती थीं। जब चीन ने ब्रह्मपुत्र के ऊपरी हिस्से को पूरी तरह अपने क़ब्ज़े में कर लिया तो हमें तबाही का डर सताने लगा। इसके अलावा पाकिस्तान की तरह ही बांग्लादेश को भी हम पानी नीति से ही दबाव में ला सकते थे, इन सभी

कारणों से उत्तर भारत की नदी जोड़ो परियोजना को तेज़ी से अमल में लाया गया लेकिन बाढ़ रुकने के बजाय अनियन्त्रित हो गयी।''

''अच्छी बात है कि आप इसे स्वीकार कर रहे हैं और मोटे तौर पर हम इसे जानते ही हैं,'' तपन का अन्दाज़ दोस्ताना था।

"और यह आपका सरकारी वर्जन भी नहीं है।" साक्षी भी हँसी।

''जी पर... बात इतनी ही नहीं है।''

''वी आर फ्रेंड्स सुब्रतो, खुलकर कहिए।''

''बांग्लादेश में आतंकी लॉन्च पैड भारत की सुरक्षा के लिए ख़तरा बने हुए थे जो पूरे पद्मा–मेघना डेल्टा में फैले हुए थे। ड्रग रूट, मानव तस्करी, अवैध हथियार और भारी मात्रा में अवैध घुसपैठ के लिए भी यही रूट उपयोग में लाया जाता था, क्योंकि इतनी चौड़ी नदी की मॉनिटरिंग नहीं हो सकती, कुछ–कुछ वैसा ही जैसा कोलकाता की पहली मीटिंग में कालियाचक के बारे में कहा गया था।''

साक्षी और तपन गम्भीर हो गये, उन्हें एहसास हो गया कि सुब्रतो कुछ अलग इशारा कर रहे हैं।

"आप कह रहे हैं इस वजह से अठारह हज़ार लोगों को मार दिया गया? क्योंकि देश की सुरक्षा को ख़तरा था।"

''नहीं, मैं यह नहीं कह रहा।''

''तो फिर?''

''हमने फरक्का को नहीं ढहाया लेकिन पहले से आ रही रिपोर्ट में यह साफ़ था कि डैम को ख़तरा है, इस गम्भीर ख़तरे को देखते हुए दिल्ली में एक आपात बैठक बुलायी गयी जिसमें डैम रिपेयर करने पर बात आयी, गेट नम्बर 109 का डैमेज होना सरकार को पहले ही पता था। लेकिन मीटिंग में इसके अलावा बांग्लादेश से हो रही उन सभी समस्याओं पर बात हुई जिन्हें मैंने अभी बताया जबकि वह आपात बैठक थी और सिर्फ़ फरक्का के लिए बुलायी गयी थी।''

''ओके... फिर?''

''फिर जो मीटिंग के मिनिट्स बाहर आये उसमें कहा गया कि, ''फरक्का डैम इंजीनियरिंग की बेहतरीन मिसाल है और उसे कोई ख़तरा नहीं फिर भी आपदा प्रबन्धन टीमों को अलर्ट रहने को कहा गया।"

क़रीब चार महीने बाद : 10 जून, 2074

आज गंगा दशहरा है, हमेशा की तरह लाखों लोग बिना किसी बुलावे के गंगा–स्नान के लिए जा रहे हैं। हर घाट पर आवाजाही है। कई लोग डुबकी लगाकर अपने पाप धोकर लौट रहे हैं। कैसी अटलता है उनके जीवन में, धर्म में, गंगा में और उसकी पवित्रता में। ज़िन्दगी अपनी रफ़्तार से दौड़ने लगी है, शायद बांग्लादेश में भी।

साक्षी ने अपनी रिपोर्ट जमा कर दी, रिपोर्ट की पहली लाइन थी– "भारत में मानव निर्मित एक विशाल नदी नेटवर्क काम करता है, उसे वे लोग गंगा कहते हैं।"

□□